Laubsturm

Gabriel García Márquez

Laubsturm

Roman

Aus dem Spanischen von
Curt Meyer-Clason

Kiepenheuer & Witsch

Titel der Originalausgabe *La hojarasca*

Aus dem Spanischen übersetzt von Curt Meyer-Clason

Schutzumschlag Hannes Jähn
Gesamtherstellung Butzon & Bercker Kevelaer
Printed in Germany 1975
ISBN 3 462 01069 7

Des Polyneikes armen Leichnam aber
Verbietet er den Bürgern öffentlich
Ins Grab zu bergen und ihn zu beweinen.
Als süße Beute, ohne Grab und Klage
Dien er den Vögeln, die den Fraß eräugen.
Der ehrenwerte Kreon läßt das dir
Und mir – mir auch, sag ich – verkündigen.
Gleich sei er hier, es denen, die's nicht wissen,
Deutlich zu sagen, und er nehm die Sache
Nicht für gering. Nein, wer sich hier verfehlt,
Der soll gesteinigt werden öffentlich.

ANTIGONE
(deutsch von Heinrich Weinstock)

Plötzlich, als hätte ein Wirbelwind Wurzeln geschlagen mitten im Dorf, kam die Bananengesellschaft, verfolgt vom Laubsturm. Und der Laubsturm war kunterbunt, zerzaust, zusammengefegt aus dem menschlichen und materiellen Abfall der anderen Dörfer, Ausschuß eines Bürgerkriegs, der immer ferner und unwahrscheinlicher schien. Der Laubsturm war unerbittlich. Er vergiftete alles mit seinem buntgewürfelten Geruch, Geruch von menschlichen Ausdünstungen und verstecktem Tod. In weniger als einem Jahr überschwemmte er das Dorf mit den Trümmern zahlreicher früherer Katastrophen und verstreute in dessen Straßen die wirre Ladung seines Abfalls. In rasender Hast, zum unvorhergesehenen wahnwitzigen Takt des Sturms löste sich dieser Abfall heraus und vereinzelte sich, bis er das, was eine Hauptstraße mit einem Fluß am einen und einem Gehege für die Toten am anderen Ende gewesen war, in ein völlig verschiedenes, verzwicktes Dorf verwandelte, gebildet aus dem Abfall der anderen Dörfer.

Und vermengt mit dem menschlichen Laubsturm, mitgerissen von seiner ungestümen Kraft, kam der Abfall der Kaufläden, der Krankenhäuser, der Vergnügungssalons, der Kraftwerke; Abfall von

alleinstehenden Frauen und Männern, die ihren Maulesel an einen Hotelpfosten banden und als einziges Gepäck eine Holztruhe mitbrachten oder ein Kleiderbündel und nach wenigen Monaten ein eigenes Haus besaßen, zwei Konkubinen und den militärischen Rang, den man ihnen schuldig war, weil sie spät am Krieg teilgenommen hatten.
Sogar der Abfall trostloser Liebe kam mit dem Laubsturm aus den Städten und baute kleine Holzhäuser; zuerst richtete er drinnen, in einer Ecke, eine halbe Pritsche ein als dunkle Zuflucht für eine Nacht, später dann eine lärmende heimliche Straße und zuletzt, innerhalb des Dorfs, ein ganzes Dorf der Toleranz.
Inmitten dieses Gestöbers, dieses Gewitters von unbekannten Gesichtern, von Zelten auf der Hauptstraße, von Männern, die sich in den Gassen umzogen, von Frauen, die mit aufgespannten Regenschirmen auf ihren Truhen saßen, von Eseln und immer mehr Eseln, die vergessen im Stall des Hotels vor Hunger krepierten, waren die ersten, nämlich wir, die letzten; wir waren die Fremden, die Neuankömmlinge.
Nach dem Krieg, als wir nach Macondo kamen und die Qualität seines Bodens zu schätzen lern-

ten, wußten wir, daß der Laubsturm einmal kommen würde, doch mit diesem Ungestüm hatten wir nicht gerechnet. Als wir daher die Lawine herandrängen fühlten, konnten wir nur eines tun: Wir stellten einen Teller mit Messer und Gabel hinter die Tür, setzten uns nieder und warteten geduldig, daß die Neuankömmlinge uns kennenlernen würden. Dann pfiff der Zug zum ersten Mal. Der Laubsturm machte kehrt und ging ihm zur Begrüßung entgegen, und mit der Kehrtwendung verlor er seinen Schwung, gewann aber an Einheit und Festigkeit, er durchlief den natürlichen Gärungsprozeß und gesellte sich zu den Keimen der Erde.

Macondo, 1909

1.

Zum ersten Mal habe ich eine Leiche gesehen. Es ist Mittwoch, aber mir kommt es vor, als sei Sonntag, weil ich nicht in die Schule gegangen bin und man mir diesen Anzug aus grünem Cordsamt angezogen hat, der mich irgendwo drückt. An Mamas Hand bin ich hinter meinem Großvater, der bei jedem Schritt mit seinem Stock tastet, um nicht an die Dinge zu stoßen (er sieht nicht gut im Halbdunkel und hinkt), am Wohnzimmerspiegel vorbeigegangen und habe mich ganz gesehen in meinem grünen Anzug und mit dieser gestärkten weißen Schleife, die mich an einer Seite des Halses drückt. Ich habe mich in dem runden fleckigen Spiegelglas gesehen und habe gedacht: *Das bin ich, als wäre heute Sonntag.*

Wir sind in das Haus gegangen, wo der Tote ist. Die Hitze in dem geschlossenen Raum ist erdrükkend. Man hört das Summen der Sonne auf den Straßen, sonst nichts. Die Luft steht, ist zäh; man hat den Eindruck, als könne man sie biegen wie eine Stahlklinge. In dem Zimmer, wo der Leichnam liegt, riecht es nach Kleidertruhen, aber ich sehe nirgends welche. In der Ecke hängt eine Hängematte an einem ihrer Ringe. Es riecht nach Abfall. Ich glaube, die kaputten, fast zerfallenen Dinge ringsum sehen so aus, als müßten sie nach Abfall riechen, obgleich sie in Wirklichkeit einen anderen Geruch haben.

Ich hatte immer geglaubt, die Toten müßten einen Hut aufhaben. Jetzt sehe ich, daß es nicht so ist. Ich sehe, daß sie einen wächsernen Kopf haben und ein unter dem Kinn geknüpftes Taschentuch. Ich sehe, daß sie den Mund halb offen haben und daß man hinter den violetten Lippen die fleckigen unregelmäßigen Zähne sehen kann. Ich sehe, daß sie die zerbissene Zunge in einem Mundwinkel haben, dick und teigig und etwas dunkler als die Farbe des Gesichts, wie Finger, wenn man sie mit einem Hanfstrick zusammenpreßt. Ich sehe, daß sie die Augen offen haben, viel weiter offen als ein Mensch, verstört und aufgerissen, und daß die Haut aus festgestampfter feuchter Erde zu sein scheint. Ich habe geglaubt, ein Toter sehe aus wie eine stille, schlafende Person, nun sehe ich, daß das Gegenteil zutrifft. Ich sehe, daß er aussieht wie eine wache, von einem Streit wütende Person.

Auch Mama hat sich angezogen, als sei es Sonntag. Sie hat den alten Strohhut aufgesetzt, der ihre Oh-

ren verdeckt, und trägt ein schwarzes, hochgeschlossenes Kleid mit Ärmeln bis an die Handgelenke. Da heute Mittwoch ist, kommt sie mir fern vor, unbekannt, und ich habe den Eindruck, daß sie mir etwas sagen will, während mein Großvater aufsteht, um die Männer zu empfangen, die den Sarg gebracht haben. Mama sitzt neben mir, mit dem Rücken zum verriegelten Fenster. Sie atmet mühsam und ordnet jeden Augenblick die Haarsträhnen, die unter ihrem hastig aufgesetzten Hut hervorquellen. Mein Großvater weist die Männer an, den Sarg neben das Bett zu stellen. Erst jetzt merke ich, daß der Tote hineinpaßt. Als die Männer die Kiste hereinbrachten, hatte ich den Eindruck gehabt, daß sie zu klein war für den Körper, der die ganze Länge des Betts einnimmt.
Ich weiß nicht, warum man mich mitgenommen hat. Ich bin nie in diesem Haus gewesen und habe es sogar für unbewohnt gehalten. Es ist ein großes Haus an einer Ecke, dessen Türen, glaube ich, nie geöffnet worden sind. Ich habe immer geglaubt, das Haus sei leer. Erst jetzt, nachdem Mama zu mir gesagt hatte: »Heute nachmittag gehst du nicht in die Schule« und ich mich nicht gefreut hatte, weil sie es mit ernster verhaltener Stimme ge-

sagt hatte, und ich sie mit meinem Cordsamtanzug zurückkehren sah und sie ihn mir wortlos anzog und wir vor die Tür traten, um meinen Großvater zu treffen, und wir die drei Häuser weit gingen, die dieses von unserem trennen, erst jetzt merke ich, daß jemand an dieser Ecke gewohnt hatte. Jemand, der tot ist und der Mann sein muß, den meine Mutter meinte, als sie sagte: »Du mußt sehr artig sein bei der Beerdigung des Doktors.«
Beim Eintreten sah ich den Toten nicht. Ich sah meinen Großvater in der Tür, der mit den Männern sprach, und ich sah ihn nachher, als er uns weitergehen hieß. Nun glaubte ich, es sei jemand im Zimmer, aber beim Eintreten war es mir dunkel und leer vorgekommen. Die Hitze schlug mir vom ersten Augenblick an ins Gesicht, und ich spürte diesen Geruch nach Abfall, der anfangs greifbar war und hartnäckig, und jetzt wie die Hitze in Wellen kommt und schwindet. Mama führte mich an der Hand durch das dunkle Zimmer und setzte mich neben sich in eine Ecke. Erst nach einem Augenblick begann ich die Dinge zu unterscheiden. Ich sah, wie mein Großvater ein Fenster zu öffnen suchte, das wohl am Rahmen festklebte, sah ihn mit dem Stock gegen die Klinke schlagen; sein

Rock wurde dabei voller Staub, der bei jedem Stoß herabfiel. Ich wandte das Gesicht dorthin, wo mein Großvater sich bewegte, als er erklärte, er sei außerstande, das Fenster zu öffnen, und erst jetzt sah ich, daß jemand auf dem Bett lag. Ein dunkler Mann lag da, ausgestreckt, reglos. Jetzt drehte ich das Gesicht zu Mama hin, die fern schien und ernst und auf eine andere Stelle des Zimmers blickte. Da meine Füße nicht auf den Boden reichten und eine Spanne darüber in der Luft hingen, schob ich die Hände unter die Schenkel, mit den Handflächen auf dem Sitz, und begann mit den Beinen zu baumeln, ohne an etwas denken, bis ich mich daran erinnerte, daß Mama zu mir gesagt hatte: »Du mußt sehr artig sein bei der Beerdigung des Doktors.« Jetzt fühlte ich etwas Kaltes im Rücken, drehte mich um und sah nur die trockene, rissige Holzwand. Doch es war, als habe jemand von der Wand her zu mir gesagt: »Bewege nicht die Beine, denn der Mann, der auf dem Bett liegt, ist der Doktor, und der ist tot.« Und als ich zum Bett blickte, sah ich ihn nicht mehr wie vorher. Ich sah ihn nicht mehr ruhend, sondern tot.

Seitdem, und ich mag mich noch so anstrengen, um ihn nicht anzublicken, habe ich das Gefühl, daß jemand meinen Blick in diese Richtung zwingt. Und obgleich ich mich anstrenge, auf andere Stellen des Zimmers zu blicken, sehe ich ihn dennoch irgendwo mit seinen weitaufgerissenen Augen und dem grünen, toten Gesicht in der Dunkelheit.

Ich weiß nicht, warum niemand zur Beerdigung gekommen ist. Gekommen sind nur mein Großvater, Mama und die vier Guajiro-Landarbeiter, die bei meinem Großvater arbeiten. Die Männer haben einen Sack Kalk mitgebracht und ihn in den Sarg geschüttet. Wäre meine Mutter nicht so fremd gewesen und abwesend, ich hätte sie gefragt, warum sie das tun. Ich verstehe nicht, warum sie Kalk in die Kiste streuen müssen. Als der Sack leer war, hat einer der Männer ihn über dem Sarg ausgeschüttet, und ein paar Flocken sind noch herausgefallen, die eher Sägemehl glichen als Kalk. Sie haben den Toten an Schultern und Füßen hochgehoben. Er trägt eine gewöhnliche Hose, in der Taille zusammengehalten von einem breiten schwarzen Riemen, und ein graues Hemd. Er hat nur den linken Schuh an. Er ist, wie Ada sagt, an einem Fuß König und am anderen Sklave. Der rechte Schuh liegt in einer Bettecke. Im Bett sah der Tote aus, als sei es ihm unbequem. Im Sarg wirkt er behaglicher, stiller, und das Gesicht, welches das eines lebendigen und nach einem Streit hellwachen Menschen war, hat entspannte, gelassene Züge angenommen. Das Profil wird weicher, und es ist, als fühle er sich dort, in der Kiste, an dem Ort, der ihm als Totem gemäß ist.

Mein Großvater hat sich im Zimmer umgetan. Er hat einige Gegenstände eingesammelt und sie in die Kiste gelegt. Ich habe wieder Mama angesehen in der Hoffnung, sie möge mir sagen, warum mein Großvater Gegenstände in den Sarg legt. Aber meine Mutter verharrt unerschütterlich in ihrem schwarzen Kleid und scheint bemüht, nicht dorthin zu blicken, wo der Tote ist. Auch ich möchte das tun, bringe es aber nicht fertig. Ich starre ihn an, mustere ihn. Mein Großvater legt ein Buch in den Sarg, gibt den Männern ein Zeichen, und drei von ihnen legen den Deckel über den Leichnam. Erst jetzt fühle ich mich von den Händen befreit, die meinen Kopf in diese Richtung zwingen, und beginne das Zimmer zu mustern.

Wieder sehe ich meine Mutter an. Zum ersten Mal, seit wir das Haus betreten haben, blickt sie mich an, mit gezwungenem Lächeln, ohne etwas darin;

ich höre in der Ferne das Pfeifen des Zuges, der sich hinter der letzten Biegung verliert. Ich nehme ein Geräusch wahr in der Ecke, wo der Leichnam liegt. Ich sehe, daß einer der Männer ein Ende des Deckels hochhebt und daß mein Großvater den Schuh des Toten in den Sarg schiebt, den, der auf dem Bett vergessen worden war. Wieder pfeift der Zug, immer ferner, und plötzlich denke ich: Es ist halb drei. Und ich erinnere mich daran, daß zu dieser Stunde (wenn der Zug an der letzten Biegung des Dorfs pfeift) die Jungen in der Schule zum ersten Nachmittagsunterricht antreten.

Abraham, denke ich.

Ich hätte den Kleinen nicht mitbringen sollen. Dieses Schauspiel ist nichts für ihn. Selbst mir, die ich bald dreißig bin, schadet die von der Gegenwart des Toten verpestete Luft. Wir könnten jetzt gehen. Wir könnten Papa sagen, daß wir uns nicht wohl fühlen in einem Zimmer, in dem sich siebzehn Jahre lang die Reste eines Menschen angesammelt haben, der getrennt ist von allem, was man als Anhänglichkeit oder Dankbarkeit bezeichnen könnte. Vielleicht ist mein Vater der einzige Mensch, der Sympathie für ihn empfunden

hat. Eine unbegreifliche Sympathie, die den Toten jetzt davor rettet, in diesen vier Wänden zu vermodern.
Mich beschäftigt die Lächerlichkeit von all dem. Mich beunruhigt der Gedanke, daß wir im nächsten Augenblick auf die Straße hinaustreten und hinter einem Sarg hergehen werden, der niemand etwas anderes einflößen wird als Schadenfreude. Ich stelle mir den Gesichtsausdruck der Frauen an den Fenstern vor, die meinen Vater vorbeigehen sehen, die mich mit dem Kleinen hinter einem Sarg einhergehen sehen, in dessen Innerem die einzige Person verfault, die das Dorf so zu sehen begehrte, in unerbittlicher Verlassenheit zum Friedhof gebracht, begleitet von den drei Personen, die sich bereit gefunden haben zu einem Werk der Barmherzigkeit, das der Anfang der eigenen Schande sein muß. Möglicherweise wird dieser Entschluß Papas der Grund dafür sein, daß morgen jemand bereit sein wird, unseren Leichenzug zu begleiten.
Vielleicht habe ich deshalb den Kleinen mitgebracht. Als Papa vor einem Augenblick zu mir sagte: »Du mußt mitkommen«, war mein erster Gedanke, den Kleinen mitzunehmen, um mich

beschützt zu fühlen. Jetzt sind wir hier, an diesem beklemmenden Septembernachmittag, und es kommt uns vor, als seien die uns umgebenden Dinge die mitleidlosen Handlanger unserer Feinde. Papa braucht sich nicht zu sorgen. Tatsächlich hat er sein Leben damit zugebracht, dergleichen Dinge zu tun; er hat dem Dorf Steine zu beißen gegeben, hat seine belanglosesten Versprechen erfüllt, allen Gepflogenheiten zum Trotz. Seit fünfundzwanzig Jahren, als damals dieser Mann in unser Haus kam, mußte Papa (als er das absonderliche Gebaren des Besuchers feststellte) ahnen, daß sich heute im Dorf kein Mensch finden würde, der seine Leiche den Aasgeiern vorwerfen würde. Vielleicht hat Papa alle Hindernisse vorausgesehen, hat alle möglichen Unannehmlichkeiten bemessen und berechnet. Jetzt, fünfundzwanzig Jahre später, muß er wohl fühlen, daß dies nur die Erfüllung einer längst vorausbedachten Aufgabe ist, die er auf alle Fälle durchgeführt haben würde, und hätte er selbst den Leichnam durch Macondos Straßen schleppen müssen.

Trotzdem hat er zu gegebener Stunde nicht den Mut gehabt, es allein zu tun, und hat mich gezwungen, dieser unerträglichen Verpflichtung mit nachzukommen, die er lange Zeit bevor ich meinen Verstand gebrauchen konnte eingegangen sein muß. Als er zu mir sagte: »Du mußt mich begleiten«, ließ er mir keine Zeit, die Tragweite seiner Worte zu ermessen; ich konnte nicht das Ausmaß der Lächerlichkeit und Beschämung berechnen, das darin liegt, einen Menschen zu begraben, den alle Welt möglichst rasch in seinem Bau zu Staub verwandelt wissen wollte. Denn die Leute hatten nicht nur darauf gewartet, sie hatten sich auch darauf vorbereitet, daß die Dinge so geschähen, hatten es von Herzen erhofft, ohne Gewissensbisse und sogar mit der vorweggenossenen Befriedigung, eines Tages den durchs Dorf ziehenden, angenehmen Geruch seines Zerfalls zu spüren, ohne daß jemand ergriffen gewesen wäre, bestürzt oder ärgerlich, sondern Genugtuung empfunden hätte, die ersehnte Stunde nahen zu sehen, und wünschte, das Schauspiel möge sich so lange hinziehen, bis der schwelende Geruch des Toten auch den verstecktesten Groll gesättigt hätte.

Nun werden wir Macondo eines langersehnten Vergnügens berauben. Ich habe das Gefühl, als habe dieser unser Entschluß die Herzen der Leute weniger wegen eines vereitelten als wegen eines

aufgeschobenen Vorhabens melancholisch gestimmt.
Ich hätte den Kleinen auch deshalb zu Hause lassen sollen, um ihn nicht in diese Verschwörung zu verwickeln, die nun gegen uns wüten wird, wie sie zehn Jahre lang gegen den Doktor gewütet hat. Der Kleine hätte aus dieser Verpflichtung herausgehalten werden müssen. Er weiß nicht einmal, warum er hier ist, warum wir ihn in dieses mit Trümmern angefüllte Zimmer gebracht haben. Er ist still, ratlos, als hoffe er, daß jemand ihm die Bedeutung von all dem erkläre; als warte er, während er dasitzt mit baumelnden Beinen und seinen auf den Stuhl gestützten Händen, daß jemand ihm dieses schreckliche Rätsel entziffere. Ich wäre gern sicher, daß das niemand tut, daß niemand diese unsichtbare Tür aufstößt, die ihn daran hindert, tiefere Einsichten zu gewinnen.
Mehrmals schon hat er mich angeblickt, und ich weiß, daß er mich fremd findet und unbekannt in diesem hochgeschlossenen Kleid und diesem altmodischen Strohhut, den ich aufgesetzt habe, um nicht von meinen eigenen Vorahnungen erkannt zu werden.
Wäre Meme am Leben, hier im Haus, vielleicht

wäre alles anders. Man könnte meinen, ich sei ihretwegen gekommen. Man könnte meinen, ich sei gekommen, um an einem Schmerz teilzunehmen, den sie nicht hätte fühlen, aber heucheln, und den das Volk sich hätte erklären können. Meme ist vor rund elf Jahren verschwunden. Der Tod des Doktors macht die Möglichkeit zunichte, ihren Verbleib oder wenigstens den Verbleib ihrer Knochen zu erfahren. Meme ist nicht hier, aber wäre sie hier – sofern nicht passiert wäre, was passiert ist und nie aufzuklären war –, sie hätte die Partei des Dorfs ergriffen gegen den Mann, der sechs Jahre lang ihr Bett mit so viel Liebe und so viel Menschlichkeit gewärmt hat wie ein Maulesel.

Ich höre den Zug an der letzten Biegung pfeifen. Es ist halbdrei, denke ich und kann den Gedanken nicht loswerden, daß in dieser Stunde ganz Macondo lauert, was wir in diesem Hause tun. Ich denke an Señora Rebeca; ausgemergelt und wie Pergament, in Blick und Kleidung ein scheußliches Gespenst, sitzt sie neben dem elektrischen Ventilator, das Gesicht beschattet vom Maschendraht ihrer Fenster. Während sie auf den Zug horcht, der hinter der letzten Biegung verschwindet, neigt Señora Rebeca den Kopf zum Ventilator, gequält von Hitze und Groll, die Flügel ihres Herzens kreisen wie die des Ventilators (doch in umgekehrter Richtung), und sie murmelt: »Der Teufel hat hier seine Hand im Spiel«, und sie erzittert, ans Leben gekettet durch die winzigen Wurzeln des Alltags.

Und Águeda, die Lahme, sieht Solita vom Bahnhof zurückkommen, wo sie sich von ihrem Verlobten verabschiedet hat; sie sieht, wie jene um die verlassene Ecke biegt und ihren Sonnenschirm aufspannt, sie hört sie näher kommen mit dem geschlechtlichen Frohlocken, das sie selber einmal empfunden und das sich in ihrem Innern in das geduldige religiöse Leiden verkehrt hat, das sie sagen läßt: »Du wirst dich im Bett wälzen wie das Schwein im Koben.«

Ich kann mich von dieser Vorstellung nicht freimachen. Nicht von dem Gedanken, daß es halbdrei ist, daß der Postesel vorbeikommt, in eine glühende Staubwolke gehüllt, verfolgt von den Männern, die ihre Mittwochmittagsruhe unterbrochen haben, um das Zeitungspaket in Empfang zu nehmen. Pater Ángel sitzt in der Sakristei und schläft, ein offenes Brevier auf seinem feisten Bauch, er hört den Postesel vorbeitrotten, er verscheucht die Mücken, die seinen Schlaf stören, er rülpst und sagt: »Du vergiftest mich mit deinen Fleischklößchen!«

Papa läßt das alles kalt. Auch, wenn er anordnet, daß der Sargdeckel noch mal geöffnet und der auf dem Bett vergessene Schuh hineingelegt wird. Nur er konnte sich für einen so gewöhnlichen Menschen interessieren. Es sollte mich nicht wundern, daß uns, wenn wir mit der Leiche hinaustreten, die Menge vor der Tür mit einem Kotbad von nachts gesammelten Exkrementen empfängt, weil wir gegen den Willen des Dorfs verstoßen haben. Vielleicht tun sie es Papa zuliebe nicht. Vielleicht tun sie es doch, weil wir die Schamlosigkeit besaßen, das Dorf um ein Vergnügen zu bringen, das es lange ersehnt und an langen, erdrückenden Nachmittagen vorgekostet hatte, jedes Mal wenn Männer und Frauen an diesem Haus vorübergingen und sich sagten: »Früher oder später werden wir bei diesem Geruch zu Mittag essen.« Denn das sagten alle Bewohner vom ersten bis zum letzten Haus.

In wenigen Sekunden wird es drei schlagen. *Señorita* weiß es bereits. Señora Rebeca, unsichtbar hinter dem Fliegenfenster, hat sie vorbeigehen

sehen und sie gerufen, einen Augenblick ist sie aus dem Wirkungskreis des Ventilators getreten und hat zu ihr gesagt: »Señorita, Sie sind der Teufel. Das wissen Sie.« Und morgen wird nicht mehr mein Sohn in die Schule gehen, sondern ein anderes, völlig verschiedenes Kind; ein Kind, das wachsen, sich fortpflanzen und am Ende sterben wird, ohne daß jemand ihm die Dankesschuld eines christlichen Begräbnisses zahlt.
Jetzt säße ich friedlich zu Hause, wäre nicht vor fünfundzwanzig Jahren dieser Mann mit einem Empfehlungsbrief zu meinem Vater gekommen (kein Mensch erfuhr je, woher der Brief stammte), wäre er nicht bei uns geblieben und hätte sich von Gras ernährt und die Frauen angestarrt mit gierigen, aus den Höhlen tretenden Hundeaugen. Aber meine Strafe stand schon vor meiner Geburt fest, wenngleich verborgen, verdrängt bis zu diesem tötlichen Schaltjahr, da ich mein dreißigstes Lebensjahr vollenden und mein Vater zu mir sagen würde: »Du mußt mich begleiten.« Dann, bevor ich eine Frage stellen konnte, stieß er mit dem Stock auf den Fußboden: »Wir müssen damit fertig werden, Tochter, gleichgültig wie. Der Doktor hat sich im Morgengrauen erhängt.«

Die Männer sind fortgegangen und mit einem Hammer und einer Schachtel Nägel ins Zimmer zurückgekehrt. Aber den Sarg haben sie nicht zugenagelt. Sie haben die Sachen auf den Tisch gestellt und sich aufs Bett gesetzt, auf dem der Tote gelegen hat. Mein Großvater scheint ruhig, aber seine Ruhe ist unglaubhaft und verzweifelt. Es ist nicht die Ruhe des Leichnams im Sarg, sondern die des ungeduldigen Menschen, der bemüht ist, es nicht zu zeigen. Widerwillig und ängstlich ist die Ruhe meines Großvaters, der hinkend im Zimmer umhergeht und die aufgestapelten Gegenstände umstellt.

Als ich entdecke, daß Fliegen im Zimmer sind, beginnt mich der Gedanke zu peinigen, daß der Sarg voller Fliegen ist. Bislang haben sie ihn noch nicht zugenagelt, doch mir scheint, das Summen, das ich anfangs mit dem Geräusch des Ventilators in der Nachbarschaft verwechselt habe, ist der Fliegenschwarm, der blind gegen die Wände des Sargs und das Gesicht des Toten stößt. Ich schüttle den Kopf, schließe die Augen, sehe meinen Großvater an, der eine Truhe öffnet und einige Sachen hervorholt, die ich nicht unterscheiden kann; ich sehe auf dem Bett die vier glimmenden Aschenringe, aber nicht die Leute mit den brennenden Zigarren. Gelähmt von der erdrückenden Hitze, von der Minute, die nicht vergeht, vom Summen der Fliegen, habe ich das Gefühl, als sagte jemand zu mir: *»So wirst du liegen. Wirst in einem mit Fliegen gefüllten Sarg liegen. Du bist kaum elf Jahre alt, aber eines Tages wirst auch du so liegen, ein Opfer der Fliegen in einer zugenagelten Kiste.«* Und ich strecke die aneinandergepreßten Beine aus und sehe meine eigenen schwarzen, blankgewichsten Stiefel. *Ein Schnürsenkel ist lose,* denke ich und sehe wieder Mama an. Auch sie sieht mich an und bückt sich, um mir den Schnürsenkel zu binden. Der Dunst, der von Mamas Kopf aufsteigt, riecht warm und muffig nach Schrank, nach schlafendem Holz und erinnert mich wieder an das Verlies des Sargs. Das Atmen wird mir schwer, ich möchte hier heraus, ich möchte die glühende Straßenluft einatmen und nehme Zuflucht zu meinem letzten Hilfsmittel. Als Mama sich aufrichtet, sage ich leise: »Mama!« Sie lächelt, sagt: »Aha.« Ich beuge mich zu ihr hinüber, zu ihrem mürrischen, glänzenden Gesicht, zitternd: »Ich muß mal nach hinten.«

Mama ruft meinen Großvater und sagt etwas zu

ihm. Ich sehe seine engstehenden, unbeweglichen Augen hinter der Brille, als er näher kommt und zu mir sagt: »Hör zu, das ist jetzt unmöglich.« Ich strecke mich und bin wieder still, mein Mißerfolg ist mir gleichgültig. Aber wieder läuft alles zu langsam. Dann eine rasche Bewegung, eine zweite, eine dritte. Schließlich beugt sich Mama über meine Schulter und sagt: »Ist es schon vorbei?« Sie sagt es mit ernster, fester Stimme, weniger als Frage denn als Rüge. Mein Bauch ist hart und stramm, aber Mamas Frage macht ihn weich, läßt ihn voll und schlaff werden, und nun klingt alles, sogar ihr Ernst, in meinen Ohren aggressiv, herausfordernd: »Nein«, sage ich. »Es ist noch nicht vorbei.« Ich drücke auf meinen Magen und versuche mit den Füßen auf den Boden zu trampeln (der andere, letzte Ausweg), treffe aber nur die Leere, die mich vom Boden trennt.

Jemand tritt ins Zimmer. Es ist einer der Männer meines Großvaters, hinter ihm ein Polizist und ein Mann, der gleichfalls eine grüne Drillichhose, einen Gurt mit Revolver trägt und einen Hut mit breiter aufgerollter Krempe in der Hand hält. Mein Großvater geht zur Begrüßung auf ihn zu. Der Mann mit der grünen Hose hustet in der

Dunkelheit, sagt etwas zu meinem Großvater, hustet wieder, und hustend befiehlt er dem Polizisten, das Fenster aufzubrechen.
Die Holzwände sehen zerbrechlich aus. Sie scheinen aus kalter, gepreßter Asche zu bestehen. Als der Polizist mit dem Gewehrkolben gegen die Klinke schlägt, habe ich den Eindruck, daß die Fensterflügel nicht aufgehen werden. Das Haus wird einstürzen, die Wände werden lautlos zusammenbrechen wie ein Aschenpalast in der Luft. Ich glaube, beim zweiten Schlag werden wir mit trümmerbedeckten Köpfen auf der Straße stehen, im hellichten Sonnenschein. Doch beim zweiten Schlag geht das Fenster auf, und Licht dringt ins Zimmer; das Licht bricht gewaltsam ein, als öffne sich die Tür einem ziellosen Tier, das stumm losrennt und schnüffelt, das wütend, geifernd an den Wänden kratzt und sich dann friedlich in den kühlsten Winkel des Käfigs kauert.
Als das Fenster aufgeht, werden die Dinge sichtbar, verfestigen sich jedoch in ihrer sonderbaren Unwirklichkeit. Nun atmet Mama tief auf, reicht mir die Hände, sagt: »Komm, wir wollen unser Haus durchs Fenster ansehen.« An ihrem Arm sehe ich von neuem das Dorf, als kehrte ich von ei-

ner Reise zurück. Ich sehe unser Haus, verblichen und verwahrlost, aber kühl unter den Mandelbäumen, und es kommt mir von hier aus so vor, als hätte ich nie in dieser grünen herzlichen Kühle geweilt, als sei unser Haus das vollkommenste, das mir von meiner Mutter in meinen Alptraumnächten verheißene Traumhaus. Und ich sehe Pepe, der zerstreut vorbeigeht, ohne uns zu sehen. Der kleine Junge vom Nachbarhaus, der pfeifend vorbeigeht, verwandelt und unkenntlich, als habe er sich die Haare schneiden lassen.

Nun richtet der Bürgermeister sich auf, mit offenem Hemd, verschwitzt, mit völlig verstörtem Gesichtsausdruck. Von der Erregung, die seine Beweisführung in ihm ausgelöst hat, puterrot angelaufen, tritt er auf mich zu. »Wir können nicht mit Sicherheit sagen, daß er tot ist, solange er nicht riecht«, sagt er, knöpft sich das Hemd zu und zündet sich eine Zigarette an, das Gesicht abermals zum Sarg gewandt, wobei er vielleicht denkt: *Jetzt können sie nicht sagen, daß ich mich außerhalb des Gesetzes stelle.* Ich blicke ihm in die Augen und fühle, daß ich ihn mit der notwendigen Festigkeit angeblickt habe, um ihm zu verstehen zu geben, daß ich bis ins Tiefste seiner Gedanken dringe. Ich sage: »Sie stellen sich außerhalb des Gesetzes, um allen anderen gefällig zu sein.« Und er, als habe er genau das erwartet, antwortet: »Sie sind ein ehrenwerter Mann, Oberst. Sie wissen, daß ich im Recht bin.« Und ich sage: »Sie wissen besser als jeder andere, daß er tot ist.« Und er sagt: »Richtig, aber letzten Endes bin ich nur Beamter. Das einzig Gesetzmäßige wäre ein Totenschein.« Und ich sage zu ihm: »Wenn das Gesetz auf Ihrer Seite ist, dann machen Sie es sich zunutze und holen Sie einen Arzt, der den Totenschein ausstellt.« Und er, mit erhobenem Kopf, ohne Hochmut, aber auch gelassen und ohne den leisesten Anflug von Schwäche oder Unsicherheit, sagt: »Sie sind ein ehrenwerter Mensch und wissen, daß das Willkür wäre.« Als ich das höre, begreife ich, daß er weniger vom Branntwein als von der Feigheit verblödet ist.

Jetzt wird mir bewußt, daß der Bürgermeister den Groll des Dorfs teilt. Das ist ein zehn Jahre genährtes Gefühl seit jener stürmischen Nacht, als sie die Verwundeten vor die Haustür des Doktors schleppten und ihm zuschrien (weil er nicht aufmachte und nur von drinnen heraussprach), ihm

zuschrien: »Doktor, versorgen Sie diese Verwundeten, die anderen Ärzte reichen nicht aus«, und als er nicht öffnete (die Tür blieb verriegelt und die Verwundeten lagen davor): »Sie sind der einzige Arzt, der uns geblieben ist. Tun Sie doch ein Werk der Nächstenliebe«, und er antwortete (und noch immer ging die Tür nicht auf) und die Menge sah ihn im Geist mitten im Wohnzimmer unter der Lampe stehen, die seine harten gelblichen Augen beleuchtete: »Ich habe alles vergessen, was ich einmal davon verstand. Schafft sie woanders hin«, und er blieb hinter seiner verschlossenen Tür (seither hat sich die Tür nie wieder geöffnet), und unterdessen ist der Groll gewachsen, hat um sich gegriffen, ist zu einem Massenfieber geworden, das Macondo zu Lebzeiten des Doktors keine ruhige Minute mehr schenken sollte, denn das in jener Nacht herausgeschriene Urteil, das den Arzt dazu verdammte, in seinen vier Wänden zu verfaulen, sollte in jedem Ohr widerhallen.
Es vergingen noch zehn Jahre, ohne daß er einen Schluck Dorfwasser trank, gelähmt von der Angst, es könne vergiftet sein; er ernährte sich von dem Gemüse, das er und seine Indiokonkubine im Innenhof anbaute. Nun fühlt das Dorf die Stunde

nahen, da es ihm die Barmherzigkeit verweigern darf, die er dem Dorf vor zehn Jahren verweigerte, und Macondo, das ihn tot weiß (denn heute sind wohl alle leichteren Herzens erwacht), bereitet sich darauf vor, dieses langerwartete Vergnügen auszukosten, das alle als wohlverdient erachten. Sie wollen nur die organische Verwesung hinter den Türen riechen, die sich damals nicht geöffnet haben.

Langsam glaube ich, daß meine Verpflichtung nichts vermag gegen die Wut eines Dorfs und daß ich umstellt, umzingelt bin vom Haß und von der Verstocktheit einer Horde Rasender. Sogar die Kirche hat einen Weg gefunden, sich gegen meinen Entschluß zu stellen. Pater Ángel hat mir vor einem Augenblick gesagt: »Ich werde nicht erlauben, daß ein Mann, der sich erhängt hat, nachdem er sechzig Jahre fern von Gott gelebt hat, in heiliger Erde begraben wird. Auch Sie würde unser Herrgott mit gütigen Augen ansehen, wenn Sie darauf verzichteten, etwas zu tun, das kein Werk der Barmherzigkeit ist, sondern eine Sünde der Auflehnung.« Und ich sagte zu ihm: »Die Toten zu begraben, so steht geschrieben, ist ein Werk der Barmherzigkeit.« Und Pater Ángel sagte: »Ja.

Aber in diesem Fall ist das nicht unsere Aufgabe, sondern die der Gesundheitsbehörde.«
Ich bin gekommen. Ich habe die vier Guajiros gerufen, die in meinem Hause aufgewachsen sind. Ich habe meine Tochter Isabel gezwungen, mich zu begleiten. So wird der Akt familiärer, menschlicher, weniger persönlich und herausfordernd, als wenn ich selbst den Leichnam durch die Dorfstraßen zum Friedhof schleppte. Ich halte Macondo jeder Untat für fähig, nachdem ich gesehen habe, was in diesem Jahrhundert passiert ist. Wenn die Leute aber nicht einmal mich achten, weil ich alt bin, Oberst der Republik, überdies lahm am Leib, aber heil am Gewissen, so hoffe ich wenigstens, daß sie meine Tochter achten, weil sie eine Frau ist. Ich tue es nicht für mich. Vielleicht auch nicht für die Ruhe des Toten. Nur um eine heilige Pflicht zu erfüllen. Wenn ich Isabel mitgebracht habe, so nicht aus Feigheit, sondern aus Nächstenliebe. Sie hat den Knaben mitgebracht (und ich sehe, daß sie es aus den gleichen Gründen getan hat), und nun sind wir hier, wir drei, und ertragen die Last dieses harten Notfalls.
Wir sind vor einem Augenblick angekommen. Ich glaubte, der Leichnam würde bei unserer Ankunft

noch von der Zimmerdecke herabhängen, doch die Männer sind uns zuvorgekommen, haben ihn aufs Bett gelegt und in der heimlichen Überzeugung ins Leichentuch gehüllt, die Angelegenheit würde nicht länger dauern als eine Stunde. Kaum bin ich da, hoffe ich auch schon, daß sie den Sarg bringen, ich sehe meine Tochter und den Knaben, die sich in die Ecke setzen, und ich untersuche das Zimmer mit dem Gedanken, der Doktor könne etwas hinterlassen haben, was seinen Entschluß erklärt. Der Schreibtisch ist offen, vollgestopft mit wirren Papieren, von denen keines seine Handschrift trägt. Auf dem Schreibtisch liegt das kartonierte Rezeptierbuch, das er vor fünfundzwanzig Jahren ins Haus gebracht hat, als er jene riesige Truhe öffnete, in welche die gesamte Wäsche meiner Familie passen würde. Doch in der Truhe lag nichts als zwei gewöhnliche Hemden, ein künstliches Gebiß, das nicht ihm gehören konnte, einfach weil sein eigenes Gebiß natürlich, stark und vollständig war; ein Bild und ein Formular. Ich öffne die Schubladen und finde in allen bedrucktes Papier, nichts als Papiere, uralte, verstaubte, und in der untersten Schublade eben jenes vor fünfundzwanzig Jahren mitgebrachte künstliche Gebiß, verstaubt und vergilbt von der Zeit und vom mangelnden Gebrauch. Auf dem Tischchen neben der erloschenen Lampe liegen mehrere ungeöffnete Zeitungspakete. Ich mustere sie. Die Zeitungen sind auf französisch geschrieben, die jüngsten drei Monate alt: *Juli* 1928. Andere, gleichfalls ungeöffnete: *Januar* 1927, *November* 1926. Und die ältesten: *Oktober* 1919. Ich denke: *Seit neun Jahren, ein Jahr nach der Urteilsverkündigung, hat er keine Zeitung mehr aufgeschnitten. Seit damals hat er auf die letzte Verbindung zu seinem Land und seinen Leuten verzichtet.*

Die Männer bringen den Sarg und legen den Leichnam hinein. Nun erinnere ich mich an den Tag vor fünfundzwanzig Jahren, an dem er in mein Haus kam und mir das Empfehlungsschreiben überreichte, datiert in Panama und an mich adressiert von Oberst Aureliano Buendía, oberster Heeresverwalter der Atlantikküste am Ende des großen Krieges. Ich durchsuche seine verstreuten Siebensachen in der Dunkelheit der bodenlosen Truhe. Sie steht unverschlossen in der anderen Ecke und enthält nur die nämlichen Dinge, die er vor fünfundzwanzig Jahren mitgebracht hat. Ich erinnere mich an sie. *Er besaß zwei ge-*

wöhnliche Hemden, einen Satz Zähne, ein Bild und das alte kartonierte Rezeptierbuch. Ich nehme diese Dinge heraus und lege sie in den Sarg, bevor er zugenagelt wird. Das Bild liegt noch unten in der Truhe, fast an derselben Stelle von damals. Es ist die Daguerreotypie eines dekorierten Militärs. Ich lege das Bild in die Kiste. Ich lege das künstliche Gebiß dazu, schließlich das Rezeptierbuch. Als ich fertig bin, mache ich den Männern ein Zeichen, damit sie den Sarg schließen. Ich denke: *Jetzt ist er wieder auf der Reise. Es ist das Natürlichste, daß er auf der letzten Reise die Dinge mitnimmt, die ihn auf der vorletzten begleitet haben. Zumindest ist es das Natürlichste.* Jetzt kommt es mir vor, als sähe ich ihn zum ersten Mal behaglich tot.

Ich mustere das Zimmer und sehe, daß ein Schuh auf dem Bett vergessen wurde. Mit dem Schuh in der Hand mache ich meinen Männern ein neues Zeichen, abermals heben sie den Deckel genau in dem Augenblick, da der Zug pfeift, als er hinter der letzten Biegung des Dorfs verschwindet. Es ist zwei Uhr dreißig, denke ich. *Zwei Uhr dreißig am 12. September* 1928, *fast die gleiche Zeit wie an jenem Tag im Jahre* 1903, *da dieser Mann sich zum ersten Mal an unseren Tisch setzte und um Gras zum Essen bat.* Adelaida fragte ihn damals: »Welche Art von Gras, Doktor?« Und er, mit seiner gedämpften und überdies nasal gefärbten Wiederkäuerstimme: »Gewöhnliches Gras, Señora. Das, welches Esel fressen.«

2.

Tatsache ist, daß Meme nicht im Haus ist und niemand mit Bestimmtheit sagen könnte, seit wann sie nicht mehr hier wohnt. Ich habe sie zum letzten Mal vor elf Jahren gesehen. Sie besaß damals noch an der Ecke die Butike, die dank der Bedürfnisse der Nachbarn unmerklich zu einer Gemischtwarenhandlung geworden war. Das Ganze war sehr ordentlich, sehr sauber durch die gewissenhafte, methodische Geschäftigkeit Memes, die ihren Tag damit verbrachte, auf einer der damals im Dorf vorhandenen vier *Domestic*-Maschinen für ihre Nachbarinnen zu nähen oder hinter dem Ladentisch die Kundschaft zu bedienen – mit jener freundlichen Indioart, die sie nie verlor und die zugleich offenherzig und zurückhaltend war, ein verzwicktes Gemisch aus Einfalt und Argwohn.

Ich hatte Meme seit ihrem Weggang aus unserem Haus nicht mehr gesehen, freilich könnte ich nicht mehr mit Bestimmtheit sagen, weder wann sie zum Doktor an die Ecke zog, noch warum sie so tief sinken konnte, daß sie das Verhältnis eines Mannes wurde, obwohl dieser ihr seine Behandlung verweigerte und sie beide das Haus meines Vaters teilten, sie als Pflegekind und er als Dauergast. Ich erfuhr von meiner Stiefmutter, daß der Doktor kein guter Mensch war, daß er eine lange Auseinandersetzung mit Papa gehabt hatte, um ihn davon zu überzeugen, daß Meme nichts Ernstliches fehlte. Und das behauptete er, ohne sie untersucht, ohne sich aus seinem Zimmer gerührt zu haben. Jedenfalls hätte er, selbst wenn das Leiden des Guajira-Mädchens nur vorübergehend war, sie behandeln müssen, und sei es nur mit Rücksicht auf das Entgegenkommen, das man ihm während seines achtjährigen Aufenthalts in unserem Hause erwiesen hatte.

Ich weiß nicht, wie die Dinge geschahen. Ich weiß nur, daß eines Tages Meme nicht in unserem Haus erwachte, und er auch nicht. Danach ließ meine Stiefmutter das Zimmer verriegeln und sprach nie mehr von ihm bis vor zwölf Jahren, als wir mein Brautkleid nähten.

Drei oder vier Sonntage nachdem sie unser Haus verlassen hatte, ging Meme zur Achtuhrmesse in die Kirche in einem rauschenden buntbedruckten Seidenkleid und einem lächerlichen, von einem künstlichen Blumenstrauß gekrönten Hut. Bei uns im Haus war sie immer so schlicht gewesen und den größten Teil des Tages barfuß, daß sie mir an dem Sonntag ihres Kirchgangs als völlig neue Meme vorkam. Sie hörte die Messe vorne, zwischen den Damen, gereckt und geziert unter dem Berg von Zeug, das sie übergezogen hatte und in dem sie auf vertrackte Weise neu wirkte, aufdringlich neu und voller Flitter. Sie kniete ganz vorne. Sogar die Frömmigkeit, mit der sie die Messe hörte, war unbekannt an ihr, sogar ihre Art sich zu bekreuzigen hatte etwas von der lauten, schwülstigen Geschmacklosigkeit, mit der sie beim Betreten der Kirche einerseits die verblüffte, die sie als Dienerin unseres Hauses gekannt, andrerseits die überraschte, die sie nie zu Gesicht bekommen hatten.

Ich (ich war damals wohl kaum älter als dreizehn Jahre) fragte mich, worauf diese Veränderung zurückzuführen sei, warum Meme aus unserem Hause verschwunden und an jenem Tag in der Kirche wiederaufgetaucht war, eher wie ein Christbaum herausgeputzt als wie eine Dame, oder wie drei Damen zusammen fürs Osterhochamt, wobei noch genug Rüschenkram und Glasperlen für eine vierte übrig war. Als die Messe zu

Ende war, blieben Frauen und Männer vor dem Eingang stehen, um sie heraustreten zu sehen; sie nahmen auf dem Vorplatz vor dem Hauptportal in Doppelreihe Aufstellung, und ich glaube fast, sie war insgeheim geplant, diese unverschämte, spöttische Feierlichkeit, mit der sie wortlos warteten, bis Meme in der Tür erschien, die Augen schloß und sie in vollkommener Harmonie mit ihrem siebenfarbenen Sonnenschirm öffnete. Dann durchschritt sie die Doppelreihe der Frauen und Männer, lächerlich in ihrem Pfauenputz und mit hohen Hacken, bis einer der Männer den Kreis zu schließen begann und Meme in der Mitte steckenblieb, vernichtet, verwirrt, und zu lächeln suchte mit einer Vornehmheit, die so aufwendig und falsch geriet wie ihr Aufzug. Und während Meme heraustrat, ihren Sonnenschirm öffnete und auszuschreiten begann, stand Papa neben mir und zog mich auf die Gruppe zu. Als die Männer ihre Einkreisung begannen, da hatte mein Vater sich bereits einen Weg zu Meme gebahnt, die zu entkommen suchte. Papa faßte sie am Arm, ohne die Versammlung eines Blicks zu würdigen, und führte sie in die Mitte des Platzes mit jener hochmütigen, herausfordernden Miene, die er aufsetzt, wenn er

etwas tut, womit die anderen nicht einverstanden sind.
Es verging eine Weile, bevor ich erfuhr, daß Meme als seine Konkubine bei dem Doktor wohnte. Um diese Zeit war die Butike eröffnet worden, und Meme ging weiter zur Messe wie eine hochstehende Dame, ohne sich darum zu kümmern, was man über sie sagte oder dachte, als habe sie vergessen, was am ersten Sonntag passiert war. Übrigens ließ sie sich zwei Monate später nie wieder in der Kirche blicken.
Ich erinnerte mich an den Doktor in unserem Haus. Ich erinnerte mich an seinen schwarzen, gezwirbelten Schnurrbart und seine Art, die Frauen mit seinen lüsternen, begehrlichen Hundeaugen anzusehen. Aber ich weiß auch, daß ich mich ihm nie näherte, vielleicht weil er wie ein wunderliches Tier dreinblickte, das sich an den Tisch setzte, nachdem alle aufgestanden waren, und sich von dem Gras ernährte, das die Esel ernährt. Während Papas Krankheit vor drei Jahren verließ der Doktor sein Eckhaus genausowenig, wie in jener Nacht, in der er sich geweigert hatte, die Verwundeten zu versorgen, genauso wie er sechs Jahre zuvor der Frau ärztliche Hilfe verweigert hatte, die

zwei Tage später seine Konkubine werden sollte. Der Laden wurde geschlossen, bevor das Dorf sein Urteil über den Doktor fällte. Aber ich weiß, daß Meme dort weiter wohnte, mehrere Monate oder Jahre, nachdem der Kramladen geschlossen worden war. Es muß viel später gewesen sein, als sie verschwand oder zumindest als man erfuhr, daß sie verschwunden war, denn das besagte die Schmähschrift, die plötzlich an der Tür hing. Dieser Schmähschrift zufolge hatte der Doktor seine Konkubine ermordet und im Garten begraben, aus Angst, das Dorf könne sich ihrer bedienen, um ihn zu vergiften. Vor meiner Hochzeit freilich hatte ich Meme noch gesehen. Vor elf Jahren, als ich vom Rosenkranzbeten zurückkam, trat das Guajira-Mädchen aus der Tür ihres Ladens und sagte in ihrer fröhlichen, halb spöttischen Art: »Du heiratest, Chabela, und hast mir nichts davon gesagt.«

»Ja«, sage ich zu ihm, »so muß es gewesen sein.« Dann ziehe ich die Schlinge lang, an deren einem Ende noch das rohe Fleisch der frisch durchschnittenen Sehnen zu sehen ist. Ich knüpfe wieder den Knoten, den meine Männer durchschnitten haben, um den Körper zu befreien, und werfe eines der Enden über den Balken, bis die Schlinge so fest hängt und stark genug ist, um viele Todesfälle von der Art dieses Menschen zu bewirken. Während er sich mit seinem Hut das von Atemnot und Branntwein gedunsene Gesicht fächelt und auf die Schlinge blickt und deren Widerstandskraft berechnet, sagt er: »Es ist unmöglich, daß eine so dünne Schlinge seinen Körper aushalten konnte.« Und ich sage zu ihm: »Diese selbe Schlinge hat ihn viele Jahre in der Hängematte ausgehalten.« Und er zieht einen Stuhl heran, reicht mir seinen Hut und macht, das Gesicht puterrot vor Anstrengung, einen Klimmzug an der Schlinge. Dann läßt er sich auf den Stuhl herunter und blickt das Strickende an. Sagt: »Unmöglich. Diese Schlinge reicht mir nicht bis um den Hals.« Jetzt begreife ich, daß er absichtlich unlogisch daherredet, daß er Ausflüchte erfindet, um das Begräbnis zu vereiteln. Ich blicke ihm prüfend ins Gesicht. Sage: »Ist Ihnen nicht aufgefallen, daß er mindestens einen Kopf größer war als Sie?« Und er blickt zum Sarg hinüber. Sagt: »Jedenfalls bin ich nicht sicher, daß er es mit dieser Schlinge getan hat.«

Ich habe die Gewißheit, daß es so gewesen ist. Auch er weiß es, besteht aber darauf, Zeit zu verlieren, aus Angst, sich festzulegen. Man erkennt seine Feigheit an der Art, wie er ziellos herumgeht. Eine doppelte, widersprüchliche Feigheit: um die Zeremonie zu vereiteln und sie gleichzeitig anzuordnen. Jetzt, als er vor dem Sarg steht, dreht er sich auf dem Absatz um, blickt mich an, sagt: »Ich müßte ihn hängen sehen, um mich zu überzeugen.«
Ich hätte es getan. Ich hätte meine Männer ermächtigt, den Sarg abermals zu öffnen und den Erhenkten nochmals zu erhängen, so wie er bis vor einer Weile gehangen hat. Aber das wäre für meine Tochter zuviel. Es wäre zuviel für den Kleinen, den sie nicht hätte mitbringen sollen. Wenn es mir auch zuwider ist, den Toten so zu behandeln, das wehrlose Fleisch zu beleidigen, den Menschen zu stören, der zum ersten Mal Ruhe hat, wenn auch das Vorhaben, einen Leichnam aus seiner wohlverdienten Sargruhe zu reißen, meinen Grundsätzen widerspricht, würde ich ihn von neuem hängen lassen, nur um herauszufinden, wie weit dieser Mensch zu gehen imstande ist. Aber es ist unmöglich. Und ich sage zu ihm: »Sie können

sicher sein, daß ich diesen Auftrag nicht erteilen werde. Wenn Sie wollen, hängen Sie ihn selber auf und übernehmen Sie die Verantwortung für alle Folgen. Aber denken Sie daran, daß wir nicht wissen, wie lange er schon tot ist.«

Er hat sich nicht von der Stelle gerührt. Noch immer steht er vor dem Sarg und blickt mich an; dann blickt er Isabel an, schließlich den Kleinen, und wieder den Sarg. Plötzlich wird sein Gesichtsausdruck düster und bedrohlich. Er sagt: »Sie müssen wissen, was es für Sie zur Folge haben kann.« Und ich begreife sehr gut, wie weit seine Drohung geht. Ich sage: »Durchaus. Ich bin ein verantwortungsbewußter Mensch.« Nun verschränkt er schwitzend die Arme, schreitet mit einstudierten, ulkigen Bewegungen, die bedrohlich wirken wollen, auf mich zu und sagt: »Darf ich fragen, wie Sie erfahren haben, daß dieser Mann sich gestern erhängt hat?«

Ich warte, bis er vor mir steht. Ich verharre regungslos und blicke ihn an, bis sein heißer, rauher Atem mir ins Gesicht schlägt, bis er stehenbleibt, die Arme noch immer verschränkt, den Hut hinter der Achselhöhle bewegend. Dann sage ich: »Wenn Sie diese Frage offiziell stellen, werde ich

Ihnen mit Vergnügen antworten.« Er bleibt in der gleichen Stellung vor mir stehen. Als ich mit ihm spreche, verrät er weder Überraschung noch Ratlosigkeit. Er sagt: »Selbstverständlich, Oberst, stelle ich Ihnen diese Frage offiziell.«

Ich bin bereit, ihm viel Spielraum zu geben. Ich bin aber sicher, daß er, mag er sich auch drehen und wenden, einer eisernen, doch geduldigen, gelassenen Haltung nachgeben wird. Ich sage: »Diese Männer haben den Körper abgeschnitten, weil ich nicht zulassen konnte, daß er hängen bleibt, bis Sie sich entschließen würden zu kommen. Ich habe Sie vor zwei Stunden gebeten zu kommen, und Sie haben so lange gebraucht, um zwei Block weit zu gehen.«

Noch immer rührt er sich nicht. Ich stehe vor ihm, auf meinen Stock gestützt, etwas vorgebeugt. Ich sage: »Außerdem war er mein Freund.« Bevor ich ausgesprochen habe, lächelt er ironisch, doch ohne seine Stellung zu verändern und stößt mir seinen zähen, sauren Atem ins Gesicht. Er sagt: »Es ist die leichteste Sache von der Welt, nicht?« Plötzlich lächelt er nicht mehr. Sagt: »Sie wußten also, daß dieser Mann sich erhängen würde.«

Ruhig, geduldig, überzeugt, daß er nur darauf aus

ist, die Dinge zu komplizieren, sage ich: »Ich wiederhole: Das erste, was ich tat, als ich erfuhr, daß er sich erhängt hatte, war, zu Ihnen zu gehen, und zwar vor über zwei Stunden.« Und als hätte ich ihm eine Frage gestellt und keine Erklärung abgegeben, sagt er: »Ich war beim Mittagessen.« Und ich sage: »Ich weiß. Es scheint mir sogar, daß Sie noch Zeit hatten, einen Mittagsschlaf zu halten.«
Nun weiß er nicht, was er sagen soll. Tritt einen Schritt zurück. Blickt Isabel an, die neben dem Knaben sitzt. Blickt die Männer an, schließlich mich. Doch jetzt hat sich sein Ausdruck verändert. Er scheint sich für etwas zu entscheiden, was seine Gedanken seit einem Augenblick beschäftigt. Er kehrt mir den Rücken zu, wendet sich dahin, wo der Polizist steht, und sagt etwas zu ihm. Der Polizist macht eine Gebärde und verläßt das Zimmer.
Gleich darauf kehrt er zu mir zurück und nimmt meinen Arm. Sagt: »Ich würde gerne mit Ihnen im Zimmer nebenan sprechen, Oberst.« Nun hat sich seine Stimme vollständig verändert. Nun klingt sie gespannt und verwirrt. Und während ich auf das Nebenzimmer zugehe und den unsicheren Druck seiner Hand auf meinem Arm spüre, überrascht

mich der Gedanke, daß ich weiß, was er mir sagen wird.
Dieses Zimmer ist im Gegensatz zum ersten geräumig und kühl. Durchflutet von der Helligkeit aus dem Innenhof. Hier sehe ich seine verwirrten Augen, sein Lächeln, das nicht seinem Gesichtsausdruck entspricht. Ich höre seine Stimme, die sagt: »Oberst, wir könnten das auf andere Weise regeln.« Und ich, ohne ihm Zeit zum Ausreden zu lassen, sage: »Wieviel.« Jetzt verwandelt er sich in einen völlig anderen Menschen.

Meme hatte einen Teller mit Konfekt gebracht und zwei salzige Brötchen, wie sie sie bei meiner Mutter zu backen gelernt hat. Die Uhr hatte neun geschlagen. Meme saß vor mir im Laden und aß lustlos, als seien Konfekt und Brötchen nur Mittel, um den Besuch dazubehalten. So verstand ich es und ließ sie durch ihre Labyrinthe irren, in die Vergangenheit tauchen mit jener sehnsüchtigen, traurigen Begeisterung, die sie im Schein der auf dem Ladentisch brennenden Öllampe welker und gealterter erscheinen ließ als an dem Tag, als sie mit Strohhut und hohen Hacken in die Kirche kam. Ganz offensichtlich stand Meme an jenem

Abend der Sinn nach Erinnerungen. Und während
sie diese heraufbeschwor, gewann man den Ein-
druck, daß sie in den zurückliegenden Jahren in
einem einzigen – stillstehenden, zeitlosen – Alter
geblieben war, reglos, und daß sie in jener Nacht,
als sie sich erinnerte, abermals ihre persönliche
Zeit in Bewegung setzte und ihren lange hinausge
schobenen Alterungsprozeß zu durchleiden be-
gann.

Meme war steif und düster, als sie von dem male-
risch-feudalen Glanz unserer Familie während der
letzten Jahre des vergangenen Jahrhunderts vor
dem großen Kriege sprach. Meme erinnerte sich
an meine Mutter. Sie erinnerte sich an sie in jener
Nacht, als ich aus der Kirche kam und sie mir mit
ihrer scherzhaften, halb spöttischen Art sagte:
»Du heiratest, Chabela, und hast mir nichts davon
gesagt.« Das war genau in den Tagen, als ich mich
nach meiner Mutter sehnte und sie mir mit aller
Kraft ins Gedächtnis zurückzurufen suchte. »Sie
war dein lebendes Abbild«, sagte sie. Ich glaubte
es wirklich. Ich saß vor dem Indiomädchen, das
mit einem Gemisch aus Genauigkeit und Unbe-
stimmtheit sprach, als sei viel unglaubhafte Le-
gende an ihren Erinnerungen, doch sie sprach so,

als erinnerte sie sich im guten Glauben und sogar in der Überzeugung, daß der Lauf der Zeit Legende in eine ferne, jedoch kaum vergeßbare Wirklichkeit verwandelt habe. Sie erzählte mir von der Reise meiner Eltern während des Kriegs, von der beschwerlichen Pilgerfahrt, die mit ihrer Niederlassung in Macondo enden sollte. Meine Eltern flohen vor den Unbilden des Krieges und suchten einen ruhigen, blühenden Winkel, wo sie seßhaft werden konnten, und sie hörten von dem Goldenen Kalb und suchten es an der Stelle, die damals ein entstehendes Dorf war, gegründet von ein paar Flüchtlingsfamilien, deren Mitglieder ebenso auf die Erhaltung ihrer Traditionen und religiösen Bräuche bedacht waren wie auf das Mästen ihrer Schweine. Macondo war für meine Eltern das Gelobte Land, der Friede und das Goldene Vlies. Hier fanden sie den geeigneten Platz, um wieder ihr Haus zu bauen, das wenige Jahre später ein Landsitz sein würde mit drei Pferdeställen und zwei Gästezimmern. Meme erinnerte sich ohne Reue an die Einzelheiten und sprach von den ausgefallensten Dingen mit dem unwiderstehlichen Wunsch, sie von neuem zu erleben, oder mit dem Schmerz, der ihr bewies, daß sie sie nicht wieder erleben würde. Auf der Reise habe es weder Leiden noch Entbehrung gegeben, sagte sie. Sogar die Pferde schliefen unter Moskitonetzen, nicht weil mein Vater ein Verschwender oder Phantast gewesen wäre, sondern weil meine Mutter ein besonderes Gefühl besaß für Nächstenliebe, für Wohltätigkeit und der Ansicht war, es sei Gottes Augen ebenso wohlgefällig, ein Tier vor Mückenstichen zu schützen, wie einen Menschen. Überallhin schleppten sie ihr ausgefallenes lästiges Umzugsgut, die Truhen, angefüllt mit den Kleidern derer, die lange vor ihrer Geburt gestorben, der Vorfahren, die nicht in zwanzig Klaftern Tiefe zu finden waren; Kisten voller Küchengeräte, die, seit Urzeiten nicht mehr im Gebrauch, den entferntesten Verwandten meiner Eltern gehört hatten (sie waren Vetter und Kusine ersten Grades), und sogar eine Truhe mit Heiligenfiguren, mit denen sie an jedem Ort, den sie aufsuchten, den Hausaltar aufbauten. Es war ein buntes fahrendes Völkchen mit Pferden und Federvieh und den vier Guajiro-Landarbeitern (Memes Gefährten), die im Haus aufgewachsen waren und wie abgerichtete Zirkustiere meine Eltern durchs ganze Land begleiteten.

Meme erinnerte sich mit Traurigkeit. Man gewann den Eindruck, daß sie den Lauf der Zeit als persönlichen Verlust auffaßte, als erkenne sie in ihrem von Erinnerungen zerrissenen Herzen, daß sie sich ohne das Zerrinnen der Zeit noch immer auf jener Pilgerfahrt befunden hätte, die für meine Eltern wohl eine Strafe gewesen war, für die Kinder jedoch ein Fest mit ungeahnten Schauspielen wie das von Pferden unter Moskitonetzen.

Dann begann alles sich rückwärts zu bewegen, sagte sie. In dem entstehenden Dörfchen Macondo kam während der letzten Tage des Jahrhunderts eine Familie an, die zwar an eine jüngste, glänzende Vergangenheit gebunden, jedoch vom Krieg aufgerieben und vernichtet war. Das Guajiro-Mädchen wußte noch, wie meine Mutter bei der Ankunft im Dorf quer auf einem Maulesel saß, schwanger, mit grünem Gesicht und gehunfähig geschwollenen Füßen. Vielleicht reifte im Geist meines Vaters die Saat des Grolls, doch war er entschlossen, Wurzeln zu schlagen gegen Wind und Gezeiten, während er darauf wartete, daß meine Mutter ihren Sohn gebären würde, der während der Reise in ihrem Leib gewachsen war und mit dem Heranrücken der Stunde der Niederkunft ihren Tod immer näher brachte.

Das Lampenlicht zeigte Meme im Profil. Mit ihren kräftigen indiohaften Zügen, mit ihrem Haar, glatt und stark wie eine Pferdemähne oder ein Pferdeschweif, schien sie ein sitzendes Götzenbild, grün und gespenstisch in dem heißen Hinterstübchen des Ladens, sie sprach auch wie ein Götze gesprochen hätte, der sich an sein vergangenes Erdendasein erinnert. Ich war nie in nähere Berührung mit ihr gekommen, doch in jener Nacht, nach diesem jähen, unvermittelten Ausbruch von Vertraulichkeiten fühlte ich mich durch engere Bande als die des Bluts an sie gebunden.
Plötzlich, als Meme eine Pause machte, hörte ich ihn im Zimmer husten, in derselben Kammer, in der ich mich jetzt mit dem Kleinen und meinem Vater befinde. Erst hustete er trocken, kurz, dann räusperte er sich, gleich darauf war das unmißverständliche Geräusch eines sich im Bett umdrehenden Körpers zu vernehmen. Meme verstummte sofort, und eine düstere, stumme Wolke verdunkelte ihr Gesicht. Ich hatte ihn völlig vergessen. Während meines ganzen Dortseins (es mochte zehn Uhr sein), hatte ich das Empfinden gehabt, allein mit dem Guajira-Mädchen im Haus zu sein. Sogleich veränderte sich die Spannung um uns. Ich

fühlte, wie müde der Arm war, mit dem ich den Teller mit Konfekt und Brötchen hielt, ohne davon gekostet zu haben. Ich neigte mich vor und sagte: »Er ist wach.« Sie, jetzt unbeweglich, eiskalt und vollkommen gleichgültig, sagte: »Er wird wach sein bis zum Morgengrauen.« Mit einemmal wurde mir die Enttäuschung bewußt, die in Memes Miene zu lesen stand, als sie sich an die Vergangenheit unseres Hauses erinnert hatte. Unsere Leben hatten sich verändert, die Zeiten waren gut, und Macondo war ein lärmendes Dorf, in dem das Geld sogar dazu ausreichte, am Samstagabend vergeudet zu werden, doch Meme klammerte sich an eine bessere Vergangenheit. Während draußen das Goldene Kalb geschoren wurde, verlief drinnen im Laden ihr Leben unfruchtbar, namenlos, den ganzen Tag verbrachte sie hinter dem Ladentisch und die Nacht bei einem Mann, der bis zum Morgengrauen schlaflos lag, der sich die Zeit damit vertrieb, im Haus umherzugehen, spazierenzugehen und sie gierig anzusehen mit seinen lüsternen Hundeaugen, die ich nie vergessen habe. Es rührte mich, mir Meme mit diesem Mann vorzustellen, der ihr eines Nachts seine Dienste verweigert hatte und noch immer das verhärtete Tier war, ohne Bitterkeit und ohne Erbarmen, der den ganzen Tag ruhelos durchs Haus lief, als wolle er auch den ausgeglichensten Menschen zur Raserei treiben.

Ich gewann den Ton meiner Stimme wieder, und da ich wußte, daß er neben uns wach lag und vielleicht seine lüsternen Hundeaugen immer dann öffnete, wenn unsere Worte im Laden hallten, versuchte ich der Unterhaltung eine andere Wendung zu geben.

»Und wie läuft dein kleines Geschäft?« sagte ich.

Meme lächelte. Ihr Lächeln war traurig und verschlossen, als sei es nicht das Ergebnis eines spontanen Gefühls, sondern als bewahre sie es in der Schublade, hole es nur in den unentbehrlichsten Augenblicken hervor, doch ohne es angemessen zu gebrauchen, und als habe sie über dem seltenen Gebrauch des Lächelns die normale Art, es zu gebrauchen, vergessen. »Nun so«, sagte sie, bewegte den Kopf auf zweideutige Weise und verfiel in beziehungsloses Schweigen. Jetzt begriff ich, daß es Zeit zum Gehen war. Ich reichte Meme den Teller, ohne ihr zu erklären, warum ich ihn nicht berührt hatte, und sah, wie sie aufstand und ihn auf dem Ladentisch abstellte. Sie blickte zu mir herüber und wiederholte: »Du bist ihr lebendes Abbild.« Ich hatte vermutlich im Gegenlicht gegessen, so daß Meme mein Gesicht nicht sehen konnte, während sie sprach. Als sie dann aufstand, um den Teller auf dem Ladentisch hinter der Lampe abzustellen, sah sie mich von vorne und sagte daher: »Du bist ihr lebendes Abbild.« Und setzte sich wieder.

Jetzt begann sie die Tage in Erinnerung zu rufen, als meine Mutter nach Macondo gekommen war. Sie hatte den Maulesel unmittelbar mit dem Schaukelstuhl vertauscht und war drei Monate darin sitzen geblieben, wobei sie sich nicht bewegte und ihre Nahrung lustlos entgegennahm. Mitunter, wenn sie ihr Mittagessen bekam, hielt sie ihren Teller bis in den Nachmittag hinein in der Hand, starr, ohne zu schaukeln, ließ die Füße auf einem Stuhl ruhen und fühlte den Tod in ihnen wachsen, bis jemand kam und ihr den Teller aus den Händen nahm. Als der Tag nahte, rissen die Schmerzen sie aus ihrer Selbstaufgabe, und sie stand auf, doch man mußte ihr bei den zwanzig Schritten helfen, die sie vom Flur zum Schlafzimmer trennten, gepeinigt wie sie war von der Herrschaft eines Todes, der sie in neun Monaten stillen

Leidens in Besitz genommen hatte. Ihre Überfahrt vom Schaukelstuhl zum Bett brachte ihr all den Schmerz, all die Bitterkeit und Mühsal, von denen ihre vor wenigen Monaten bestandene Reise sie verschont hatte, doch sie gelangte dorthin, wohin sie, das wußte sie, gelangen mußte, bevor sie die letzte Handlung ihres Lebens erfüllen konnte.

Mein Vater schien über den Tod meiner Mutter zu verzweifeln, sagte Meme. Doch, wie er später selbst sagte, als er allein im Haus zurückblieb: »Niemand kann der Ehrbarkeit eines Heims trauen, in dem der Mann keine rechtmäßige Ehefrau zur Seite hat.« Da er in einem Buch gelesen hatte, man solle nach dem Tod eines geliebten Menschen einen Jasminbusch säen, um sich jede Nacht an ihn zu erinnern, säte er die Kletterpflanze an der Mauer des Innenhofs und heiratete ein Jahr später in zweiter Ehe Adelaida, meine Stiefmutter.

Bisweilen schien es, als wolle Meme mitten im Sprechen weinen. Doch sie beherrschte sich, zufrieden, den erlittenen Mangel an Glück zu büßen und freiwillig auf Glück verzichtet zu haben. Dann lächelte sie. Darauf streckte sie sich auf ihrem Stuhl und wurde vollkommen menschlich. Es war, als ob sie im Geist die Bilanz ihres Schmerzes gezogen hätte, als sie sich vorbeugte und sah, daß ihr noch ein Saldo an guten Erinnerungen verblieben war, und nun lächelte sie mit ihrer alten offenherzigen, spöttischen Freundlichkeit. Sie sagte, das andere habe fünf Jahre später begonnen, als sie ins Eßzimmer trat, in dem mein Vater zu Mittag aß, und zu ihm sagte: »Herr Oberst, im Büro wartet ein Fremder auf Sie.«

3.

Hinter dem Gotteshaus, auf der anderen Straßenseite, hatte einmal ein baumloser Platz gelegen. Das war am Ende des letzten Jahrhunderts gewesen, als wir nach Macondo kamen und der Bau des Gotteshauses noch nicht begonnen war. Es war kahles, trockenes Gelände, auf dem die Kinder nach der Schule spielten. Dann, als das Gotteshaus gebaut wurde, wurden auf einer Seite des Bauplatzes vier Pfosten in den Grund geschlagen, und man sah, daß der abgesteckte Raum gut für eine Hütte paßte. Und diese wurde gezimmert und für die Aufbewahrung des Baumaterials verwendet. Als die Bauarbeiten zu Ende gingen, verputzte jemand die Wände der kleinen Hütte und brachte eine Tür in der hinteren Wand an, die auf den kahlen, steinigen kleinen Hof ging, wo nicht ein Agavendorn wuchs. Ein Jahr später konnte das Haus zwei Personen beherbergen. Drinnen roch es nach ungelöschtem Kalk. Das war der einzige angenehme Geruch, der darin lange Zeit zu spüren war, und der einzig willkommene, der je darin zu spüren sein würde. Nachdem die Wände geweißt waren, schob dieselbe Hand, die den Bau vollen-

det hatte, einen Riegel vor die Innentür und versah die Tür zur Straße mit einem Hängeschloß.
Die Behausung hatte keinen Besitzer. Niemand machte sich die Mühe, Besitzrecht anzumelden, weder auf das Häuschen noch auf das Grundstück. Als der erste Gemeindepfarrer kam, erhielt er bei einer der wohlhabendsten Familien Unterkunft. Bald darauf wurde er in eine andere Gemeinde versetzt. Doch in jenen Tagen (und womöglich noch bevor der erste Pfarrer fortzog) hatte eine Frau mit einem Brustkind das Zimmerchen bezogen, ohne daß jemand wußte, woher sie stammte, wann sie eingezogen war und wie sie die Tür geöffnet hatte. In einem Winkel stand ein schwarz und moosgrüner Bottich, darüber, an einem Nagel, hing ein Krug. Doch schon deckte kein Kalk mehr die Wände. Im Innenhof hatte sich auf den Steinen eine regengehärtete Erdkruste gebildet. Die Frau baute eine Pergola zum Schutz gegen die Hitze. Und da sie kein Geld besaß, um ein Dach aus Palmblättern, Ziegeln oder Blech darüber zu errichten, säte sie rings um die Pfosten Wein und hing ein Bündel Aloe und einen Brotlaib vor die Tür, um sich gegen bösen Zauber zu schützen.

Als es im Jahre 1903 hieß, ein neuer Pfarrer solle kommen, wohnte die Frau mit ihrem Kind noch immer dort. Die halbe Bevölkerung versammelte sich auf der Hauptstraße zum Empfang des Priesters. Die Landkapelle spielte rührselige Weisen, bis ein Junge atemlos gelaufen kam und meldete, der Maulesel des Pfarrers habe die letzte Wegbiegung erreicht. Nun wechselten die Musikanten die Aufstellung und setzten zu einem Marsch ein. Der mit dem Willkommensgruß Beauftragte bestieg das Behelfspodest und wartete auf das Erscheinen des Pfarrers, um seine Begrüßungsansprache zu halten. Doch einen Augenblick später brach die Marschmusik ab, der Festredner stieg vom Tisch, und die verdutzte Menge sah einen Fremden auf dem Rücken eines Maulesels heranreiten, an dessen Flanke die größte Truhe hing, die jemals in Macondo gesehen worden war. Der Mann ritt an allen vorbei, aufs Dorf zu, ohne jemanden eines Blickes zu würdigen. Selbst wenn der Pfarrer für die Reise Zivil angelegt hätte, wäre niemand auf den Gedanken gekommen, daß der eherne Reisende mit Militärgamaschen ein Priester in Zivil sein konnte.

Und er war es auch nicht, denn zur nämlichen

Stunde sah man durch den Seitenweg am anderen Ende des Dorfes einen seltsamen Priester ankommen, erschreckend hager, mit dürrem, ausgemergeltem Gesicht, rittlings auf einem Maulesel, die Soutane bis zu den Knien hochgerafft und gegen die Sonne durch einen verfärbten, zerfledderten Regenschirm geschützt. Der Priester fragte in nächster Nähe der Kirche, wo das Pfarrhaus liege, und mußte einen Ahnungslosen gefragt haben, denn dieser erwiderte: »Die Hütte hinter der Kirche, Vater.« Die Frau war ausgegangen, aber drinnen spielte das Kind, hinter der halboffenen Tür. Der Priester saß ab, rollte zur Behausung einen ausgebuchteten, halboffenen, verschlußlosen Koffer, der nur durch einen andersfarbenen Ledergurt zusammengehalten war, und nachdem er die Hütte gemustert hatte, zog er den Maulesel hinein und band ihn im Innenhof fest, im Schatten der Weinlaube. Dann öffnete er den Koffer, holte eine Hängematte hervor, die vermutlich ebenso alt und ebenso verbraucht war wie der Regenschirm, hing sie schräg durch den Raum, von Haken zu Haken, streifte die Stiefel ab und versuchte einzuschlafen, ohne sich um das Kind zu kümmern, das ihn mit runden, verwunderten Augen ansah.

Als die Frau zurückkehrte, war sie sicherlich befremdet angesichts der seltsamen Gegenwart des Priesters, dessen Gesicht so ausdruckslos war, daß es sich in nichts von einem Kuhschädel unterschied. Sicherlich schritt die Frau auf Zehenspitzen durch ihre Behausung. Rollte sicherlich ihre Klappkoje zur Tür, bündelte ihre Wäsche sowie die Lumpen des Kindes und verschwand verwirrt aus der Hütte, ohne weiter an den Bottich zu denken und den Krug. Denn eine Stunde später, als der Festausschuß hinter der Musikkapelle, die, von einer Horde schulflüchtiger Jungen umschwärmt, ihren Einzugsmarsch spielte, in entgegengesetzter Richtung durchs Dorf trabte, fand er den Pfarrer allein in der Hütte, mit aufgeknöpfter Soutane, ohne Schuhe, sorglos in der Hängematte ausgestreckt. Jemand hatte sicherlich die Nachricht zur Hauptgasse getragen, doch niemand kam darauf zu fragen, was der Pfarrer in dem Stübchen treibe. Sicherlich dachte man, er sei mit der Frau irgendwie verwandt, so wie diese sicherlich die Bleibe aufgab, weil sie glaubte, der Pfarrer habe Weisung, sie in Besitz zu nehmen, oder weil diese Kircheneigentum war oder einfach aus Angst, gefragt zu werden, warum sie seit über zwei Jahren in einem Zimmer wohnte, das ihr nicht gehörte, ohne Miete zu zahlen und ohne irgend jemandes Zustimmung eingeholt zu haben. Auch kam der Festausschuß nicht auf die Idee, um Aufklärung zu bitten, weder in diesem Augenblick noch in einem späteren, denn der Pfarrer wies jedwede Festrede zurück, stellte die Geschenke auf den Erdboden und beschränkte sich darauf, Männer und Frauen kühl und hastig zu begrüßen, weil er, wie er sagte, »die ganze Nacht kein Auge zugetan hatte«.

Angesichts dieses kühlen Empfangs seitens des merkwürdigsten Priesters, den man je erlebt hatte, löste sich der Ausschuß auf. Man bemerkte, daß das Gesicht des Priesters einem Kuhschädel glich, daß er graue, kahlgeschorene Haare hatte und statt Lippen einen waagerechten Schlitz, der an der Stelle des Mundes nicht etwa seit seiner Geburt, sondern hinterher durch einen einzigen Überrumpelungsschnitt eingeritzt worden zu sein schien. Doch noch am selben Nachmittag stellte man eine Ähnlichkeit mit jemandem fest. Und noch vor Morgengrauen wußten alle, wer er war. Sie erinnerten sich, ihn mit Schleuder und Stein gesehen zu haben, nackt, aber in Stiefeln und Hut, und zwar zu der Zeit, da Macondo eine bescheidene Flüchtlingssiedlung gewesen war. Die Veteranen erinnerten sich noch an seine Tätigkeit im Bürgerkrieg von fünfundachtzig. Sie erinnerten sich, daß er mit siebzehn Jahren Oberst gewesen war und furchtlos, halsstarrig und Regierungsgegner. Freilich erfuhr man in Macondo von ihm erst wieder an dem Tag, als er zurückkehrte, um die Pfarrei zu übernehmen. Sehr wenige erinnerten sich seines Taufnamens. Dafür erinnerten die meisten der Veteranen sich noch an den, welchen seine Mutter ihm gegeben hatte (weil er eigensinnig und aufsässig war), den Namen nämlich, unter dem seine Kriegskameraden ihn später kannten. Alle nannten ihn *Der Hund.* Und so hieß er in Macondo bis zur Stunde seines Todes:

– Hund, Hündchen.

So kam also dieser Mann in unser Haus am selben Tag und fast zur selben Stunde wie *Der Hund* nach Macondo. Jener auf der Hauptstraße, als niemand ihn erwartete, noch eine Ahnung hatte von seinem Namen oder seinem Beruf; der Pfarrer auf dem Seitenweg, während ihn das ganze Dorf auf der Hauptstraße erwartete.

Ich kehrte nach dem Empfang nach Hause zurück. Wir hatten uns kaum zu Tisch gesetzt – etwas später als gewöhnlich –, als Meme auf mich zutrat: »Herr Oberst, Herr Oberst, im Büro wartet ein Fremder auf Sie.« Ich sagte: »Er soll reinkommen.« Und Meme sagte: »Er ist im Büro und sagt, er muß Sie dringend sprechen.« Adelaida hörte auf, Isabel (die damals kaum mehr als fünf Jahre alt war) ihre Suppe einzulöffeln, und ging hinaus, um dem Fremden aufzuwarten. Einen Augenblick später kehrte sie sichtlich beunruhigt zurück: »Er ging im Büro auf und ab«, sagte sie.

Ich sah sie hinter den Kerzenleuchtern vorbeigehen. Dann fütterte sie wieder Isabel mit der Suppe. »Du hättest ihn hereinführen sollen«, sagte ich, ohne mit Essen aufzuhören. Und sie: »Das wollte ich ja tun. Aber er ging im Büro umher, als ich eintrat und ihm einen guten Tag wünschte, und er antwortete nicht, weil er die aufziehbare Tänzerin auf dem Bord anschaute. Und als ich zum zweiten Mal guten Tag sagen wollte, zog er die Tänzerin auf, stellte sie auf den Schreibtisch und sah zu, wie sie tanzte. Ich weiß nicht, ob die Musik ihn daran hinderte, zu hören, wie ich abermals guten Tag sagte und vor dem Schreibtisch stehenblieb, über den er sich beugte und der Tänzerin zusah, die noch für ein Weilchen Tanz aufgezogen war.« Adelaida gab Isabel ihre Suppe. Ich sagte: »Das Spielzeug scheint ihn zu interessieren.« Und sie, noch immer Isabel die Suppe einlöffelnd: »Er ging im Büro auf und ab, doch als er die Tänzerin sah, nahm er sie herunter, als wisse er bereits, zu was sie diente, als kenne er ihren Mechanismus. Er zog sie auf, als ich zum ersten Mal, noch bevor die Musik leise zu spielen begann, guten Tag sagte. Dann stellte er sie auf den Schreibtisch und sah sie an, doch ohne zu lächeln, als interessiere ihn nicht der Tanz, sondern nur der Mechanismus."

Nie wurde mir jemand angekündigt. Fast jeden Tag kamen Besucher: bekannte Reisende, die ihre Reittiere im Stall ließen und mit dem Zutrauen, mit der Familiarität dessen eintraten, der stets einen freien Platz an unserem Tisch zu finden hoffte. Ich sagte Adelaida: »Er bringt vermutlich eine Botschaft oder sonst etwas mit.« Und sie sagte: »Jedenfalls benimmt er sich merkwürdig. Starrt die kleine Tänzerin an, bis das Werk abgelaufen ist, und ich stehe vor dem Schreibtisch, ohne zu wissen, was ich sagen soll, denn ich wußte, daß er nicht antworten würde, solange die Musik spielte.

Dann, als die Tänzerin ihren kleinen Sprung tat wie immer, wenn die Feder abläuft, verharrte er neugierig, über den Schreibtisch gebeugt, doch ohne sich zu setzen. Nun blickte er mich an, und ich merkte: Er wußte, daß ich im Büro stand, er hatte sich aber nicht um mich gekümmert, weil er wissen wollte, wie lange die Tänzerin tanzen konnte. Doch dann sagte ich nicht mehr guten Tag, sondern lächelte ihn nur an, als er mich anblickte, denn ich sah, daß er riesige Augen mit gelben Pupillen hatte, die einen mit einem Blick von oben bis unten mustern. Als ich ihm zulächelte, blieb er ernst, machte aber eine förmliche Verbeugung mit dem Kopf und sagte: ›Der Oberst? Ich brauche den Oberst.‹ Er hat eine tiefe Stimme, als könne er mit geschlossenem Mund sprechen. Als sei er ein Bauchredner.«

Sie gab Isabel ihre Suppe. Ich aß weiter, weil ich glaubte, es handle sich um eine Botschaft, weil ich nicht wußte, daß an jenem Nachmittag das begann, was heute zu Ende geht.

Adelaida fütterte Isabel weiter und sagte: »Anfangs ging er im Büro auf und ab.« Nun begriff ich, daß der Fremde sie ungewöhnlich beeindruckt hatte und ihr daran lag, daß ich ihn empfing. Dennoch aß ich weiter, während sie Isabel ihre Suppe gab und dabei redete. Sie sagte: »Dann, als er sagte, er wolle den Oberst sprechen, sagte ich, haben Sie die Güte ins Eßzimmer zu kommen, und er, die Tänzerin in der Hand, richtete sich auf. Hob den Kopf und stand stramm wie ein Soldat, so schien mir, denn er trug hohe Stiefel und einen gewöhnlichen Anzug mit am Hals hoch geschlossenem Hemd. Ich wußte nicht, was ich sagen sollte, als er nicht antwortete und stumm blieb, das Spielzeug in der Hand, als warte er darauf, daß ich das Büro verließ, damit er es von neuem aufziehen konnte. Und plötzlich, als ich merkte, daß er ein Militär war, erinnerte er mich an jemand.«

Ich sagte zu ihr: »Du meinst also, es ist etwas Schwerwiegendes.« Ich blickte sie über die Kerzenleuchter an. Sie blickte mich nicht an. Sie gab Isabel die Suppe. Sagte:

»Als ich kam, ging er im Büro auf und ab, deshalb konnte ich sein Gesicht nicht sehen. Doch dann, als er im Hintergrund stand, hielt er den Kopf so hoch und die Augen so starr, daß er mir nach einem Militär aussah, und ich sagte zu ihm, Sie wollen den Herrn Oberst privat sprechen, nicht? Und er nickte bejahend. Dann bin ich zurückgekommen, um dir zu sagen, daß er jemand gleicht, richtiger, daß er genau die Person ist, der er gleicht, wenn ich mir auch nicht erklären kann, wie er hergekommen ist.«

Ich aß mein Mittagessen weiter, sah sie aber über die Kerzenleuchter an. Sie hörte auf, Isabel die Suppe zu geben. Sagte:

»Ich bin sicher, daß es keine Botschaft ist. Ich bin sicher, daß er nicht jemandem ähnelt, sondern genau der ist, dem er ähnelt. Richtiger, ich bin sicher, daß er ein Militär ist. Er hat einen schwarzen, aufgezwirbelten Schnurrbart und ein Gesicht wie aus Kupfer. Er trägt hohe Stiefel, und ich bin sicher, daß er nicht jemandem ähnelt, sondern genau der ist, dem er ähnelt.«

Sie sprach in gleichmäßigem, eintönigem, beharrlichem Ton. Es war heiß, und vielleicht war ich deshalb gereizt. Ich sagte zu ihr: »Aha, wem ähnelt er?« Und sie sagte: »Als er im Büro auf und ab ging, sah ich sein Gesicht nicht, erst später.« Und ich, gereizt über die Eintönigkeit und Beharrlichkeit ihrer Worte: »Gut, gut, ich gehe hinüber, wenn ich gegessen habe.« Und sie, von neuem Isabel die Suppe einlöffelnd: »Anfangs konnte ich sein Gesicht nicht sehen, weil er im Büro auf und ab ging. Doch dann, als ich zu ihm sagte, haben Sie die Güte mitzukommen, stand er still an der Wand, die Tänzerin in der Hand. Nun erinnerte ich mich, wem er ähnelt, und ich bin gekommen, dich darauf vorzubereiten. Er hat riesige indiskrete Augen, und als ich mich zum Gehen wandte, spürte ich, daß er unverblümt meine Beine anschaute.«

Plötzlich verstummte sie. Im Eßzimmer war nur das Klappern des Löffels zu hören. Ich aß zu Ende und schob meine Serviette unter den Teller.

Jetzt war im Büro die leise, festliche Musik der Spieluhr zu hören.

4.

In der Küche des Hauses steht ein alter geschnitzter Holzstuhl ohne Lehne, auf dessen zerschlissenem Sitz mein Großvater seine Schuhe am Feuer trocknen läßt.

Tobías, Abraham, Gilberto und ich verließen gestern um die gleiche Zeit die Schule und gingen mit einer Schleuder in die Pflanzungen, mit einem großen Hut, um die Vögel hineinzutun, und einem neuen Taschenmesser. Unterwegs erinnerte ich mich an die unbrauchbare Sitzgelegenheit in der Küchenecke, die einst Besuchern gedient hatte und nun von dem Toten verwendet wird, der, den Hut auf dem Kopf, sich jede Nacht darauf setzt und die Asche im erloschenen Herd betrachtet. Tobías und Gilberto wanderten auf das Ende des dunklen Gangs zu. Da es vormittags geregnet hatte, rutschten ihre Schuhe auf dem verschlammten Gras aus. Einer von ihnen pfiff, und sein langgezogener schriller Pfiff hallte in der Pflanzenhöhle wider, wie wenn jemand in einem Tunnel zu singen beginnt. Abraham ging mit mir hinterdrein. Er mit der schußbereiten Schleuder. Ich mit dem aufgeklappten Taschenmesser.

Plötzlich brach die Sonne durch das dichte, harte Blätterdach, und ein lichter Körper aus Helligkeit flatterte ins Gras wie ein lebendiger Vogel. »Hast du's gesehen?« sagte Abraham. Ich blickte vorwärts und sah Gilberto und Tobías am Ende des Gangs. »Es ist kein Vogel«, sagte ich. »Es ist die Sonne, die durchbricht.«

Als sie das Ufer erreicht hatten, zogen sie sich aus und stießen mit den Füßen ungestüm ins dämmrige Wasser, das die Haut nicht zu nässen schien. »Kein einziger Vogel heute nachmittag«, sagte Abraham. »Wenn's regnet, sind keine Vögel da«, sagte ich. Jetzt glaubte ich es selber. Abraham lachte. Sein Gelächter ist töricht, einfältig und macht ein Geräusch wie Wasser in einem Trog. Er zog sich aus. »Ich nehme das Messer mit ins Wasser und fülle den Hut mit Fischen«, sagte er.

Abraham stand nackt vor mir und streckte die Hand nach dem Messer aus. Ich antwortete nicht gleich. Ich hielt das Messer fest und spürte dessen sauberen gehärteten Stahl in der Hand. *Ich gebe dir das Messer nicht*, dachte ich. Und ich sagte es ihm: »Ich werde dir das Messer nicht geben. Ich habe es erst gestern bekommen und will es den ganzen Nachmittag behalten.« Abraham hielt

noch immer die Hand ausgestreckt. Nun sagte ich: »Incomploruto.«
Abraham verstand mich. Nur er versteht meine Worte. »Gut«, sagte er und schritt durch die kräftige säuerliche Luft aufs Wasser zu. Sagte: »Zieh dich aus, wir warten auf dich am Fels.« Er sagte es, während er untertauchte und hochkam, schimmernd wie ein riesiger silberner Fisch, als sei das Wasser bei seiner Berührung flüssig geworden.
Ich blieb am Rand im warmem Schlamm liegen. Als ich das Messer von neuem aufklappte, wandte ich den Blick geradewegs von Abraham zur anderen Seite bis über die Bäume, bis zum wütenden Abendhimmel, der großartig und grauenvoll war wie ein brennender Pferdestall.
»Eil dich«, sagte Abraham von der anderen Seite. Tobías pfiff am Felsrand. Jetzt dachte ich: *Heute bade ich nicht. Morgen.* Auf dem Rückweg versteckte Abraham sich hinter dem Weißdorn. Ich wollte hinter ihm dreingehen, aber er rief: »Komm nicht her. Ich bin beschäftigt.« Ich blieb draußen, setzte mich auf das dürre Weglaub und sah der einzigen Uferschwalbe nach, die eine Schleife am Himmel zog. Sagte:
»Heute nachmittag ist nur eine Schwalbe da.«

Abraham antwortete nicht gleich. Er schwieg hinter dem Weißdorn, als könne er mich nicht hören, als lese er. Sein Schweigen war still und gesammelt, voll verborgener Kraft. Erst nach langem Schweigen seufzte er. Sagte:
»Schwalben.«
Ich sagte wieder: »Heute nachmittag ist nur eine da.« Abraham saß noch immer hinter dem Weißdorn, ohne Laut zu geben. Er war still und gesammelt, aber seine Ruhe war nicht statisch. Sie war verzweifelte, ungestüme Reglosigkeit. Nach einem Augenblick sagte er:
»Nur eine? Ach ja. Natürlich, natürlich.«
Jetzt sagte ich nichts. Nun bewegte er sich hinter dem Weißdorn. Auf dem Laub sitzend hörte ich von dort Laubgeraschel unter seinen Füßen. Dann war es wieder still, als sei er fortgegangen. Gleich darauf atmete er tief und fragte:
»Was hast du gesagt?«
Ich sagte wieder: »Daß heute nachmittag nur eine Schwalbe da ist.« Während ich das sagte, sah ich die gebogene Schwinge am unglaublich blauen Himmel Kreise ziehen. »Sie fliegt hoch«, sagte ich.
Abraham antwortete sofort:

»Ach so, natürlich. Deshalb.«
Kam hinter dem Gebüsch hervor und knöpfte sich die Hose zu. Blickte hinauf, wo die Schwalbe unaufhörlich ihre Kreise zog, und sagte, noch immer ohne mich anzusehen:
»Was hast du eben von den Schwalben gesagt?«
Das hielt uns auf. Als wir heimkehrten, brannten im Dorf schon die Lichter. Ich rannte ins Haus und stolperte auf der Veranda in die fetten blinden Frauen hinein mit den Zwillingen des Heiligen Hieronymus, die jeden Dienstag meinem Großvater vorsingen, übrigens seit der Zeit vor meiner Geburt, wie meine Mutter erzählt hat.
Die ganze Nacht dachte ich, daß wir heute nach der Schule wieder an den Fluß gehen, aber nicht mit Gilberto und Tobías. Ich möchte allein mit Abraham gehen und seinen glänzenden Bauch sehen, wenn er taucht und wie ein Metallfisch hochkommt. Die ganze Nacht wünschte ich mir wieder mit ihm dorthin zu gehen, nur wegen des dunklen, grünen Tunnels, um beim Gehen seinen Schenkel zu streifen. Immer, wenn ich das tue, habe ich das Gefühl, als knabbere einer sanft an mir herum, und davon kriege ich eine Gänsehaut.
Wenn der Mann, der mit meinem Großvater im

Nebenzimmer redet, bald wieder hereinkommt, können wir vielleicht noch vor vier Uhr zu Hause sein. Dann gehe ich mit Abraham an den Fluß.

Er blieb bei uns wohnen. Bekam eines der Verandazimmer, das zur Straße, weil ich das für angebracht hielt und wußte, daß ein Mann seines Charakters das kleine Dorfhotel nicht bequem finden würde. Er heftete ein Schild an die Tür (noch vor wenigen Jahren, als wir das Haus weißen ließen, hing es dort, in Bleistiftschrift von seiner Hand), und eine Woche darauf mußten neue Stühle angeschafft werden, um den Bedürfnissen seiner zahlreichen Kundschaft gerecht zu werden.
Nachdem er mir den Brief des Oberst Aureliano Buendía ausgehändigt hatte, zog sich unsere Unterhaltung im Büro derart in die Länge, daß Adelaida nicht daran zweifelte, daß es sich um einen hohen Militär in bedeutender Mission handelte, und den Tisch wie für ein Festmahl deckte. Wir sprachen vom Oberst Buendía, von seiner Siebenmonatstochter und seinem leichtsinnigen erstgeborenen Sohn. Wir hatten noch nicht lange miteinander gesprochen, als ich merkte, daß dieser Mann den obersten Heeresverwalter gut kannte

und ihn noch genug schätzte, um seines Vertrauens würdig zu sein. Als Meme kam und sagte, es sei angerichtet, dachte ich, meine Frau habe sich zu Ehren des Neuankömmlings eine Notlösung für das Essen ausgedacht. Doch weit entfernt von solcher Behelfslösung war die Tafel, auf der ein neues Tischtuch mit dem für Weihnachts- und Neujahrsfamilienfeiern bestimmten Porzellan prangte.
Adelaida saß feierlich aufgerichtet an einem Ende des Tisches im hochgeschlossenen Samtkleid, das sie vor unserer Hochzeit getragen hatte, wenn sie Familienangelegenheiten in der Stadt erledigte. Adelaida hatte feinere Gewohnheiten als wir und eine gewisse gesellschaftliche Erfahrung, die von unserer Hochzeit an die Gebräuche meines Hauses beeinflußten. Sie hatte das Familienmedaillon angesteckt, mit dem sie sich bei bedeutenden Gelegenheiten schmückte, und sie, der Tisch, die Möbel und auch die Luft, die man im Eßzimmer atmete, verbreiteten eine strenge Atmosphäre von Anstand und Reinlichkeit. Als wir das Wohnzimmer betraten, kam sich sogar er, der in Kleidung und Umgangsformen stets so nachlässig war, recht unbehaglich und deplaziert vor, denn er be-

tastete seinen Kragenknopf, als trüge er eine Krawatte, und sein sonst so unbekümmerter, kraftvoller Gang wirkte leicht beklommen. An nichts erinnere ich mich so genau wie an diesen Augenblick, als wir ins Eßzimmer traten und ich meinen Aufzug für Adelaidas Festtafel viel zu häuslich fand.

Auf den Platten lag Rindfleisch und Wild, genau wie sonst bei den Familienmahlzeiten zu jener Zeit, freilich wirkte alles durch das neue Porzellan und die frischgeputzten Kerzenleuchter glanzvoll und ungewohnt. Obwohl meine Frau wußte, daß nur ein Gast mit am Tisch sitzen würde, hatte sie die acht Gedecke auftragen lassen, und die Flasche Wein in der Mitte war eine übertriebene Ehrenbezeigung für den Mann, den sie vom ersten Augenblick an mit einem vornehmen Militärbeamten verwechselt hatte. Nie hatte ich in meinem Haus eine unwirklichere Atmosphäre erlebt.

Adelaidas Aufmachung hätte lächerlich gewirkt, wären nicht ihre Hände gewesen (sie waren schön und ungeheuer weiß), deren königliche Vornehmheit das Falsche und Aufgetakelte ihres Aussehens wieder wettmachten. Gerade als er von neuem den Hemdknopf prüfend betastete und zögerte, sagte ich rasch: »Meine zweite Frau, *Doktor.*« Eine Wolke verdunkelte Adelaidas Gesicht und machte es fremd und schwermütig. Sie rührte sich nicht von der Stelle, streckte nur lächelnd die Hand aus, doch nicht mehr mit der förmlichen Steifheit, die sie an den Tag gelegt hatte, als wir ins Eßzimmer getreten waren.

Der Neuankömmling schlug die Hacken zusammen wie ein Militär, berührte seine Schläfe mit den ausgestreckten Fingerspitzen und ging auf sie zu. »Jawohl, Señora«, sagte er. Aber einen Namen nannte er nicht.

Erst als ich ihn Adelaidas Hand plump schütteln sah, wurde mir sein gewöhnliches, alltägliches Benehmen bewußt.

Er setzte sich an das andere Ende des Tischs, zwischen das neue Kristall, zwischen die Kerzenleuchter. Seine ungepflegte Gegenwart wirkte wie ein Suppenfleck auf dem Tischtuch.

Adelaida schenkte den Wein ein. Ihre anfängliche Erregung war in passive Nervosität übergegangen, die zu sagen schien: *Es ist gut, alles wird ablaufen wie vorgesehen, aber du schuldest mir eine Erklärung.* Erst als sie den Wein eingeschenkt und sich wieder ans andere Tischende gesetzt hatte, während Meme sich anschickte, die Platten herumzureichen, lehnte er sich auf seinem Stuhl zurück, legte die Hände aufs Tischtuch und sagte lächelnd: »Hören Sie, Señorita, lassen Sie etwas Gras aufkochen und bringen Sie es mir, als wäre es Suppe.« Meme rührte sich nicht. Sie versuchte zu lachen, vermochte es aber nicht und wandte sich an Adelaida. Diese, gleichfalls lächelnd, doch sichtlich befangen, fragte ihn darauf: »Welche Art von Gras, Doktor?« Und er mit seiner sparsamen Wiederkäuerstimme:

»Gewöhnliches Gras, Señora, das, welches Esel fressen.«

5.

Es gibt eine Minute, in der die Mittagsruhe sich erschöpft. Selbst die geheime, verborgene, winzige Tätigkeit der Insekten hört genau in diesem Augenblick auf; der Lauf der Natur hält inne; die Schöpfung strauchelt am Rand des Chaos, und die Frauen heben geifernd die Wange von ihrem blumenbestickten Kopfkissen, sie sind halb erstickt von Hitze und Groll und denken: Noch immer ist es Mittwoch in Macondo. Dann schmiegen sie sich wieder in die Ecke, verknüpfen Traum und Wirklichkeit und kommen überein, das Geflüster miteinander zu verweben, als sei es ein von allen Frauen des Dorfs gemeinsam gewirktes riesiges Laken.

Hätte die innere Zeit denselben Rhythmus wie die äußere Zeit, stünden wir jetzt mit dem Sarg in der prallen Straßensonne. Draußen wäre es später, es wäre Nacht. Eine lastende, drückende mondhelle Septembernacht, Frauen säßen in den Innenhöfen und redeten unter der grünen Helligkeit, und auf der Straße wir, die drei Abtrünnigen, in der prallen Sonne dieses durstigen Septembers. Niemand wird die Zeremonie vereiteln. Ich hatte gehofft, der Bürgermeister sei unbeugsam in seinem Widerstand und wir könnten nach Hause zurückkehren, das Kind in seine Schule und mein Vater zu seinen Holzschuhen, zu seiner Waschschüssel, an der er sich frisches Wasser über den Kopf gießt, zu seinem linkerhand stehenden Krug mit eisgekühlter Limonade. Doch nun ist alles anders geworden. Mein Vater hat wieder einmal genügend Überredungskraft bewiesen, um seinen Standpunkt durchzusetzen, obgleich ich den Entschluß des Bürgermeisters anfangs für unwiderruflich gehalten hatte. Draußen siedet das Dorf in langem, eintönigem, unerbittlichem Geflüster, und die Straße ist sauber, ohne einen Schatten auf dem sauberen jungfräulichen Staub, seitdem der letzte Wind die Spuren des letzten Rinds fortgefegt hat. Es ist ein menschenleeres Dorf, die Häuser sind verschlossen, in ihren Stuben ist nichts zu hören als dumpf schwelende Worte in den Mündern böswilliger Herzen. Und im Zimmer sitzt steif das Kind und blickt auf seine Schuhe, wirft ein Auge auf die Lampe, ein zweites auf die Zeitungen, ein drittes auf seine Schuhe und schließlich zwei Augen auf den Erhängten selbst, auf seine zerbissene Zunge, auf seine glasigen Augen eines nun nicht mehr lüsternen Hundes, eines toten Hundes ohne Gier. Das Kind blickt ihn an, denkt an den Erhängten, welcher der Länge nach unter den Brettern liegt; es macht ein trauriges Gesicht, und nun verändert sich alles: Ein Hocker erscheint vor der Tür des Friseurladens, dahinter der kleine Altar mit Spiegel, Puder und Duftwasser. Die Hand wird sommersprossig und groß, sie hört auf, die Hand meines Sohnes zu sein und verwandelt sich in eine große, geschickte Hand, die kalt, mit berechneter Sparsamkeit das Rasiermesser schleift, während das Ohr das metallische Summen der Stahlklinge hört, und der Kopf denkt: Heute kommen sie früher, weil es Mittwoch ist in Macondo. Und nun kommen sie und sitzen im Schatten und in der Kühle der Schwelle zurückgelehnt auf ihren Stühlen, verkniffen, scheel, mit übergeschlagenen Beinen, die Hände auf den Knien verschränkt, und kauen auf ihren Zigarren; sie blikken, reden vom Gleichen, schauen auf das verschlossene Fenster vor sich, auf das schweigsame Haus mit Señora Rebeca darin. Auch sie hat etwas vergessen: Sie hat vergessen, den Ventilator abzustellen, und geht durch die Zimmer mit den Fliegenfenstern; nervös und aufgeregt kramt sie im

Trödel ihrer unfruchtbaren, gemarterten Witwenschaft, um sich noch mit dem Tastsinn davon zu überzeugen, daß sie nicht tot ist, bevor nicht die Stunde der Beerdigung schlägt. Sie öffnet und schließt die Türen ihrer Zimmer und wartet darauf, daß die patriarchalische Uhr sich vom Mittagsschlummer erhebt und die Sinne mit drei Glockenschlägen beglückt. Während all dem verschwindet der alte Gesichtsausdruck des Kindes und wird wieder hart, starr, ohne auch nur halb so lange zu verharren, wie eine Frau braucht, den letzten Stich auf der Nähmaschine zu machen und den mit Lockenwicklern gespickten Kopf zu heben. Bevor das Kind wieder starr und nachdenklich wird, hat die Frau die Maschine in die Veranda geschoben, und die Männer haben zweimal auf ihrem Zigarrentabak herumgekaut, während sie ein vollständiges Hin-und-Zurück der Rasierklinge auf dem Streichriemen beobachtet haben; und Águeda, die Lahme, macht eine letzte Anstrengung, ihre toten Knie zu wecken; und Señora Rebeca dreht den Schlüssel noch mal herum und denkt: Mittwoch in Macondo. Ein guter Tag, um den Teufel zu beerdigen. Doch dann bewegt sich das Kind wieder, und eine neue Veränderung vollzieht sich in der Zeit. Wenn sich etwas bewegt, weiß man, daß Zeit abgelaufen ist. Vorher nicht. Bevor sich etwas bewegt, waltet die ewige Zeit, der Schweiß, das auf die Haut geifernde Hemd und der unbestechliche, eiskalte Tote hinter seiner zerbissenen Zunge. Daher läuft keine Zeit ab für den Erhängten: Denn obgleich die Hand des Kindes sich bewegt, weiß er es nicht. Und während der Tote es nicht weiß (weil das Kind weiter die Hand bewegt), hat Águeda vermutlich eine neue Perle ihres Rosenkranzes abgespult; Señora Rebeca, im Klappstuhl rastend, ist verblüfft, als sie die Uhr starr am Rand der unmittelbar bevorstehenden Minute verharren sieht, und Águeda hat Zeit gehabt (obwohl auf Señora Rebecas Uhr die Sekunde nicht abgelaufen ist), eine neue Perle des Rosenkranzes abzuspulen und zu denken: Das würde ich tun, wenn ich zu Pater Ángel gehen könnte. Dann sinkt die Hand des Kindes herab, und die Rasierklinge nutzt die Bewegung auf dem Streichriemen, und einer der in der Kühle der Schwelle sitzenden Männer sagt: »Es muß gegen halb vier sein, nicht wahr?« Dann hält die Hand inne. Wieder die tote Uhr am Saum der folgenden Minute, wieder die im Raum ihres eigenen Stahls aufgehaltene Rasierklinge; und Águeda wartet noch immer auf die neue Bewegung der Hand, um die Beine zu strecken und mit wieder beweglichen Knien und ausgebreiteten Armen in die Sakristei zu stürmen und zu rufen: »Vater, Vater.« Und Pater Ángel, der, gelähmt durch die Ruhe des Kindes, sich mit der Zunge über die Lippen fährt, um den schleimigen Alptraumgeschmack der Fleischklößchen zu schmecken, würde bei Águedas Anblick sagen: »Das ist fraglos ein Wunder« und, sich abermals im betäubenden Mittagsschlummer umdrehend, würde er in der verschwitzten, begeiferten Schläfrigkeit stammeln: »Jedenfalls, Águeda, ist das nicht die passende Zeit, eine Messe für die Seelen im Fegefeuer zu lesen.« Doch die neue Bewegung scheitert, mein Vater betritt das Zimmer, und die beiden Zeiten versöhnen sich; die beiden Hälften fügen sich zusammen, verfestigen sich, und die Uhr der Señora Rebeca wird sich bewußt, daß sie zwischen der Beherrschtheit des Kindes und der Ungeduld der Witwe geschwankt hat, und nun gähnt sie verwirrt, taucht in die wundersame Stille des Augenblicks und steigt auf, triefend von flüssiger Zeit, von genauer, berichtigter Zeit, neigt sich vor und sagt mit feierlicher Würde:

»Genau zwei Uhr und siebenundvierzig Minuten.« Und mein Vater, der ohne es zu wissen, die Lähmung des Augenblicks durchbrochen hat, sagt: »Du schwebst in den Wolken, Tochter.« Und ich sage: »Glauben Sie, daß etwas passieren kann?« und er, schwitzend, lächelnd: »Ich bin zumindest sicher, daß in vielen Häusern der Reis anbrennt und die Milch überläuft.«

Nun ist der Sarg zugenagelt, trotzdem erinnere ich mich an das Gesicht des Toten. Ich habe es so genau behalten, daß ich, wenn ich auf die Wand blikke, seine geöffneten Augen sehe, die ausgemergelten Wangen, grau wie feuchte Erde, und die zerbissene Zunge in seinem Mundwinkel. Das verursacht in mir ein brennendes Gefühl von Unruhe. Vielleicht, weil meine Hose die ganze Zeit an einem Bein drückt.

Mein Großvater hat sich neben meine Mutter gesetzt. Als er aus dem Nebenzimmer zurückgekehrt ist, hat er seinen Stuhl herangezogen, und nun sitzt er neben ihr, wortlos den Bart auf den Stock gestützt und sein lahmes Bein ausgestreckt. Mein Großvater wartet. Meine Mutter wartet wie er. Die Männer auf dem Bett haben aufgehört zu

rauchen und verhalten sich ruhig, geordnet, ohne den Sarg anzublicken, und auch sie warten.
Verbände man mir die Augen, nähme man mich bei der Hand, führte man mich zwanzig Mal im Dorf herum und brächte man mich danach wieder in dieses Zimmer, ich würde es am Geruch erkennen. Nie werde ich vergessen, daß dieser Raum nach Abfall riecht, nach aufgetürmten Truhen, wenngleich ich nur eine Truhe gesehen habe, in der Abraham und ich uns verstecken könnten und in der noch Platz für Tobías wäre. Ich erkenne Zimmer am Geruch.
Im vergangenen Jahr hatte Ada mich auf ihren Schoß gesetzt. Ich hielt die Augen geschlossen und sah sie durch die Lider. Sah sie dunkel, als sei sie keine Frau, sondern ein Gesicht, das mich ansah und schaukelte und das blökte wie ein Schaf. Ich schlief schon fest, als ich den Geruch spürte.
Es gibt im Haus keinen Geruch, den ich nicht erkenne. Wenn man mich allein auf der Veranda läßt, schließe ich die Augen, strecke die Arme aus und gehe. Ich denke: Wenn ich Kampfer rieche, stehe ich im Zimmer meines Großvaters. Ich gehe weiter, mit geschlossenen Augen und ausgestreckten Armen. Ich denke: »Nun bin ich am Zimmer

meiner Mutter vorbeigegangen, weil es nach neuen Spielkarten riecht. Dann wird es nach Teer und Mottenkugeln riechen.« Ich gehe weiter und spüre den Geruch von neuen Spielkarten genau in dem Augenblick, als ich die Stimme meiner Mutter höre, die in ihrem Zimmer singt. Dann spüre ich den Geruch von Teer und Mottenkugeln. Ich denke: »Jetzt wird es weiter nach Mottenkugeln riechen. Dann werde ich um die linke Ecke des Geruchs biegen und den anderen Geruch nach weißer Wäsche und geschlossenem Fenster spüren. Dort werde ich stehenbleiben.« Und schon, nach drei Schritten, spüre ich den neuen Geruch und verhalte mich ruhig, die Augen geschlossen und die Arme ausgestreckt, und höre Adas schreiende Stimme: »Kind! Jetzt läufst du schon mit geschlossenen Augen herum.«

In jener Nacht, als ich einschlief, spürte ich einen Geruch, den es in keinem Zimmer des Hauses gibt. Es war ein starker, lauwarmer Geruch, als hätte jemand einen Jasminbusch geschüttelt. Ich öffnete die Augen, sog die zähe, schwere Luft ein. Sagte: »Riechst du es?« Ada sah mich an; als ich sie aber ansprach, schloß sie die Augen, blickte zur Seite. Wieder fragte ich: »Riechst du es? Es muß irgendwo Jasmin sein.« Nun sagte sie:

»Es ist der Geruch des Jasmins, der bis vor neun Jahren an der Mauer wuchs.«

Ich setzte mich auf ihren Schoß. »Aber jetzt wächst dort kein Jasmin mehr.« Und sie sagte: »Nein. Aber vor neun Jahren, als du geboren wurdest, wuchs an der Mauer des Innenhofs ein Jasminstrauch. Nachts war es heiß, und es roch wie jetzt.« Ich lehnte mich an ihre Schulter. Sah auf ihren Mund, während sie sprach. »Aber das war, bevor ich geboren wurde«, sagte ich. Und sie sagte: »Zu der Zeit gab es einen schlimmen Winter, und der Garten mußte ausgeputzt werden.«

Noch immer war der Geruch da, lau, fast greifbar, und bewegte die anderen Gerüche der Nacht. Ich sagte zu Ada: »Ich *will,* daß du mir das sagst.« Einen Augenblick schwieg sie, dann blickte sie zur mondhellen, kalkweißen Mauer und sagte: »Wenn du groß bist, wirst du wissen, daß der Jasmin eine Blume ist, die *aufsteht.*«

Ich verstand nicht, fühlte aber ein seltsames Erschauern, als hätte ein Mensch mich berührt. Ich sagte: »Gut«, und sie sagte: »Beim Jasmin passiert das gleiche wie bei Menschen, die nachts aufstehen und umgehen, wenn sie gestorben sind.«

Ich lehnte noch immer an ihrer Schulter, ohne etwas zu sagen. Ich dachte an andere Dinge, an den Stuhl in der Küche, auf dessen zerschlissenem Sitz mein Großvater seine Schuhe trocknet, wenn es geregnet hat. Ich wußte seit damals, daß in der Küche ein Toter ist, der sich jede Nacht hinsetzt, ohne den Hut abzunehmen, und die Asche im erloschenen Herd betrachtet. Nach einem Augenblick sagte ich: »Das ist also wie der Tote, der sich in die Küche setzt.« Ada sah mich an, machte große Augen und sagte: »Was für ein Toter?« Und ich sagte: »Der jede Nacht auf dem Stuhl sitzt, auf dem mein Großvater seine Schuhe trocknet.« Und sie sagte: »Dort sitzt kein Toter. Der Stuhl steht neben dem Herd, weil er zu nichts anderem taugt als zum Schuhetrocknen.«
Das war letztes Jahr. Jetzt ist es anders, jetzt habe ich eine Leiche gesehen und brauche nur die Augen zu schließen, um ihn drinnen zu sehen, in der Dunkelheit der Augen. Ich will es meiner Mutter sagen, aber sie hat gerade mit meinem Großvater zu sprechen begonnen. »Glauben Sie, daß etwas passiert?« sagt sie. Und mein Großvater hebt den Bart vom Stock und bewegt den Kopf: »Jedenfalls bin ich sicher, daß in vielen Häusern der Reis anbrennt und die Milch überläuft.«

6.

Anfangs schlief er bis um sieben. Dann erschien er in der Küche in seinem bis oben zugeknöpften Hemd ohne Kragen, die zerknitterten, schmutzigen Ärmel bis zu den Ellbogen hochgekrempelt, die schmutzigen Hosen auf Brusthöhe hochgezogen, den Gürtel weit unter dem Bund zusammengeschnallt. Man hatte das Gefühl, die Hosen müßten umknicken, herunterfallen, weil kein solider Körper vorhanden war, der sie festhielt. Zwar war er nicht dünner geworden, aber in seinem Gesicht war kein militärisch-stolzer Blick mehr, nur noch der willenlose, erschöpfte Ausdruck des Mannes, der nicht weiß, was im nächsten Augenblick aus seinem Leben werden soll, der es auch gar nicht wissen will. Kurz nach sieben trank er seinen schwarzen Kaffee und kehrte in sein Zimmer zurück, wobei er unterwegs ein tonloses »Guten Morgen« wünschte.

Er wohnte bereits vier Jahre in unserem Haus und war in Macondo als zuverlässiger Facharzt angesehen, obwohl er mit seinem brüsken Wesen und seinen nachlässigen Umgangsformen eine eher furcht- als achtungheischende Atmosphäre verbreitete.

Er war der einzige Arzt im Dorf, bis die Bananengesellschaft kam und die Eisenbahn gebaut wurde. Dann leerten sich allmählich die Stühle in seinem kleinen Zimmer. Die Leute, die in den ersten vier Jahren seines Aufenthalts in Macondo zu ihm gekommen waren, blieben allmählich aus, nachdem die Gesellschaft einen ärztlichen Beratungsdienst für ihre Arbeiter eingerichtet hatte. Sicherlich sah er die Entwicklung, die der Laubsturm mit sich brachte, sagte aber nichts. Er öffnete nach wie vor die Tür zur Straße und saß den ganzen Tag auf seinem Lederstuhl, bis viele Tage vergangen waren, da sich kein Patient bei ihm blicken ließ. Dann legte er den Riegel vor die Tür, kaufte sich eine Hängematte und schloß sich im Zimmer ein. Meme hatte zu jener Zeit begonnen, ihm ein Frühstück aus Bananen und Orangen zu bringen. Er aß die Früchte und warf die Schalen in die Ecke, wo das Guajira-Mädchen sie samstags beim Fegen des Schlafzimmers auflas. Doch aus seiner Verhaltensweise hätte jedermann schließen können, daß er sich herzlich wenig daraus gemacht hätte, wenn sie eines Samstags das Saubermachen unterlassen und das Zimmer sich in einen Dunghaufen verwandelt hätte.

Jetzt tat er überhaupt nichts mehr. Er verbrachte seine Stunden in der Hängematte, schaukelnd. Durch die halbgeöffnete Tür ahnte man die Dunkelheit; und sein trockenes, ausdrucksloses Gesicht, sein verfilztes Haar, die kränkliche Lebhaftigkeit seiner harten gelblichen Augen verliehen ihm das unverwechselbare Aussehen eines Menschen, der sich von den Umständen bezwungen zu fühlen beginnt.

Während der ersten Jahre seines Aufenthalts in unserem Haus zeigte Adelaida gegenüber meinem Wunsch, ihn bei uns zu behalten, scheinbare Gleichgültigkeit oder scheinbare Zustimmung oder auch wirkliches Einverständnis. Doch als er seine Sprechstunde aufgab und sein Zimmer nur noch zu den Mahlzeiten verließ und sich mit der stets zur Schau getragenen stummleidenden Apathie an den Tisch setzte, war meine Frau an der Grenze ihrer Duldsamkeit angelangt. Sie sagte: »Es ist Ketzerei, ihn weiter zu behalten. Es ist, als ernährten wir den Teufel.« Doch ich, ihm stets gewogen aus einem komplexen Gefühl des Mitleids, der Bewunderung und des Bedauerns (denn selbst wenn ich dieses Gefühl jetzt verfälschte, es wäre noch immer ein Gutteil Bedauern darin), ich beharrte: »Wir müssen ihn ertragen. Er ist ein Mann, der niemand auf der Welt hat und Verständnis braucht.«

Bald darauf verkehrte die Eisenbahn. Macondo wurde ein wohlhabendes Dorf, es füllte sich mit neuen Gesichtern, bekam einen Kinosaal und zahlreiche Vergnügungslokale. Nun gab es Arbeit für alle, nur nicht für ihn. Er lebte weiterhin eingeschlossen, menschenscheu bis zu dem Morgen, an dem er zur Frühstücksstunde ungestüm im Eßzimmer erschien und unvermittelt, ja begeistert von den großartigen Aussichten für das Dorf sprach. An diesem Morgen hörte ich das Wort zum ersten Mal. Er sprach es aus: »All das wird vorüber sein, wenn wir uns an den *Laubsturm* gewöhnt haben.«

Monate später sah man ihn häufig vor dem Dunkelwerden auf der Straße. Dann saß er bis zu den letzten Stunden des Tages im Friseurladen und beteiligte sich an der Unterhaltung der Gruppen, die sich an der Tür um den tragbaren Rasiertisch, um den hohen Hocker drängten, den der Friseur auf die Straße stellte, damit seine Kundschaft die Abendkühle genießen konnte.

Die Ärzte der Gesellschaft waren nicht damit zufrieden, ihn um seinen Lebensunterhalt gebracht zu haben, denn im Jahre 1907, als sich kein Patient mehr an ihn erinnerte und er selbst keinen mehr erwartete, schlug einer der Ärzte der Bananengesellschaft im Rathaus vor, jeder im Dorf, der einen Beruf habe, solle sein Diplom eintragen lassen. Als der Erlaß an allen vier Ecken des Platzes angeschlagen wurde, fühlte er sich allem Anschein nach nicht getroffen. Zwar sagte ich zu ihm, ich hielte es für ratsam, der Aufforderung nachzukommen. Doch er erwiderte seelenruhig, gleichgültig: »Ich nicht, Oberst. Ich werde mich auf nichts dergleichen einlassen.« Ich habe nie erfahren können, ob sein Diplom wirklich in Ordnung war. Ich erfuhr auch nicht, ob er Franzose war, wie ich vermutete, noch ob er Erinnerungen an eine Familie bewahrte, die er doch haben mußte, aber nie mit einem Wort erwähnt hatte. Etliche Wochen später, als der Bürgermeister und sein Sekretär sich in meinem Haus meldeten und die Vorlage und Eintragung seiner Lizenz forderten, weigerte er sich schlichtweg und verließ den Raum. An jenem Tag – nachdem er fünf Jahre im selben Haus gewohnt und am selben Tisch gesessen hatte – wurde mir bewußt, daß wir nicht einmal seinen Namen kannten.

Man hätte nicht siebzehn Jahre alt sein müssen (wie ich es damals war), um zu bemerken – seit ich Meme aufgetakelt in der Kirche gesehen und später, als ich mit ihr in der Butike gesprochen hatte –, daß in unserem Haus das auf der Straße gehende Zimmerchen verschlossen war. Später erfuhr ich, daß meine Stiefmutter ein Hangeschloß vorgelegt hatte und verbot, die darin verbliebenen Dinge zu berühren: das Bett, das der Doktor benutzt hatte, bis er die Hängematte kaufte; das Medikamententischchen, von dem er nur den in seinen besten Jahren angesammelten Geldbetrag ins Eckhaus mitnahm (der vermutlich ziemlich hoch war, da er im Haus keine Ausgaben hatte und durchsetzte, daß Meme die Butike eröffnete); überdies, unter einem Haufen Plunder und den alten in seiner Muttersprache abgefaßten Zeitungen, das Waschgestell und einige wertlose persönliche Gegenstände. Es schien, als seien nach Auffassung meiner Stiefmutter all diese Dinge böswillig, ja vollkommen teuflisch verseucht.
Vermutlich entdeckte ich im Oktober oder November (drei Jahre nachdem Meme und er das Haus verlassen hatten), daß das Zimmerchen verschlossen war, weil ich zu Beginn des darauffol-

genden Jahres davon träumte, Martín in diesem Raum untergebracht zu wissen. Ich wollte nach meiner Hochzeit darin wohnen; ich strich daran vorbei; in Unterhaltungen mit meiner Stiefmutter schlug ich sogar vor, man solle das Hängeschloß entfernen und die auf eines der gemütlichsten, anziehendsten Teile des Hauses verhängte Quarantäne aufheben. Doch bevor wir begannen, mein Brautkleid zu nähen, erzählte mir niemand unmittelbar vom Doktor und noch weniger von dem Zimmerchen, das nach wie vor zu ihm gehörte, als Teil seiner Persönlichkeit, die nicht von unserem Haus zu trennen war, solange jemand darin wohnte, der sich an ihn erinnern konnte.

Ich wollte vor Jahresende heiraten. Ich weiß nicht, ob die Umstände, in denen sich mein Leben während meiner Kindheit und Jugend entwickelt hatte, es waren, die mir in jener Zeit eine nur ungenaue Kenntnis der Tatsachen und Dinge gewährten. Sicher ist, daß mir noch in jenen Monaten der Hochzeitsvorbereitungen viele Geheimnisse verborgen waren. Noch ein Jahr vor meiner Heirat sah ich Martin durch einen Schleier der Unwirklichkeit. Vielleicht wünschte ich ihn deshalb in meiner Nähe, in dem Zimmerchen, um mich davon zu überzeugen, daß ich es mit einem greifbaren Menschen und nicht mit einem Verlobten, dem ich im Traum begegnet war, zu tun hatte. Doch schon fühlte ich mich außerstande, mit meiner Stiefmutter von meinen Plänen zu sprechen. Das Natürlichste wäre gewesen zu sagen: »Ich werde das Vorhängeschloß losmachen. Ich werde den Tisch vors Fenster stellen und das Bett an die Innenwand. Ich werde eine Vase mit Nelken auf den Kragstein stellen und einen Aloezweig an die Tür hängen.« Doch zu meiner Feigheit, zu meiner völligen Unentschlossenheit gesellte sich die Nebelhaftigkeit meines Verlobten. Ich erinnerte mich an ihn wie an eine konturlose, unzulängliche Gestalt, deren einzige greifbaren Elemente sein glänzender Schnurrbart, der leicht nach links geneigte Kopf und das ewige vierknöpfige Jackett waren.

Er war Ende Juli in unser Haus gekommen. Er verbrachte den Tag mit uns und plauderte mit meinem Vater im Büro, während er einem geheimnisvollen Geschäft nachging, das ich nie zu ergründen vermochte. Nachmittags gingen Martin und ich mit meiner Stiefmutter in die Pflanzungen. Doch als ich ihn in der malvenfarbenen

Abendhelle zurückkehren sah und er neben mir Schulter an Schulter wanderte, war er für mich noch abstrakter und unwirklicher. Ich wußte, ich würde ihn mir nie menschlich vorstellen können oder ihn greifbar genug finden, damit die Erinnerung an ihn mir Mut machte, mich stärkte in dem Augenblick, da ich sagte: »Ich will das Zimmer für Martin herrichten.«

Sogar der Gedanke, ihn zu heiraten, kam mir noch ein Jahr vor der Hochzeit unwahrscheinlich vor. Ich hatte ihn im Februar kennengelernt, bei der Totenwache für Paloquemados Jungen. Wir waren mehrere junge Mädchen, die sangen und klatschten und so versuchten, die einzige uns erlaubte Zerstreuung bis zum Übermaß auszukosten. In Macondo gab es einen Kinosaal, es gab ein öffentliches Grammophon und andere Vergnügungsstätten, doch mein Vater und meine Stiefmutter versagten jungen Mädchen meines Alters deren Besuch. »Das sind Vergnügungen für den Laubsturm«, bestimmten sie.

Im Februar war es heiß um die Mittagszeit. Meine Stiefmutter und ich setzten uns auf die Veranda und steppten Weißwäsche, während mein Vater seinen Mittagschlummer hielt. Wir nähten, bis er sich in seinen Holzpantoffeln zur Waschschüssel schleppte und seinen Kopf befeuchtete. Nachts jedoch war der Februar frisch und tief, und im ganzen Dorf hörte man die Stimmen der Frauen, die bei den Kinderbeerdigungen sangen.

In der Nacht, da wir zur Beerdigung von Paloquemados Kind gingen, sollten wir Meme Orozcos Stimme besser denn je hören. Sie war zwar dünn, reizlos und rauh wie eine Bürste, trug aber weiter als jede andere. In der ersten Pause sagte Genoveva García: »Draußen sitzt ein Fremder.« Ich glaube, wir alle mit Ausnahme von Remedios Orozco hörten auf zu singen. »Stelle dir vor, er trägt eine Jacke«, sagte Genoveva García. »Er redet schon die ganze Nacht, und die anderen hören zu ohne zu sagen: ›Wir haben auch einen Mund.‹ Er trägt ein Jackett mit vier Knöpfen und schlägt die Beine übereinander, so daß man seine Socken mit Sockenhaltern und seine Schnürstiefel sehen kann.« Meme Orozco hatte noch nicht aufgehört zu singen, als wir in die Hände klatschten und sagten: »Los, wir wollen ihn heiraten.«

Nachher, als ich im Haus an ihn dachte, fand ich keine Verbindung zwischen diesen Worten und der Wirklichkeit. Ich erinnerte mich an sie, als wären sie von einer Gruppe imaginärer Frauen gesprochen worden, die in die Hände klatschten und in jenem Haus sangen, in dem ein unwirkliches Kind gestorben war. Andere Frauen rauchten neben uns. Sie waren ernst, wachsam, und ihre langen Geierhälse reckten sich uns entgegen. Dahinter, in der Kühle der Türschwelle, wartete eine bis über den Kopf in ein schwarzes Tuch gehüllte Frau darauf, daß der Kaffee kochte. Plötzlich gesellte sich eine männliche Stimme zu den unsrigen. Anfangs klang sie befangen und ziellos, dann schneidend und metallisch, als singe der Mann in der Kirche. Veva García stieß mich in die Rippen. Ich hob die Augen und sah ihn zum ersten Mal. Er war jung und reinlich in seinem steifen Hemdkragen und seinem Jackett mit vier Knöpfen. Und er blickte mich an.

Ich hörte, daß er im Dezember zurückkehrte, und dachte, kein Ort sei geeigneter für ihn als das verschlossene Zimmerchen. Doch schon begriff ich ihn nicht mehr. Ich sage zu mir: Martín, Martín, Martín. Und der Name, geprüft, gekostet, in seine wesentlichen Teile zerlegt, verlor für mich jede Bedeutung.

Als wir die Totenwache verlassen wollten, stellte

er eine leere Tasse vor mich hin und sagte: »Ich habe Ihr Schicksal im Kaffeesatz gelesen.« Ich wollte zwischen den anderen jungen Mädchen zur Tür gehen und hörte seine tiefe, überzeugende, friedfertige Stimme: »Zählen Sie sieben Sterne, und Sie werden von mir träumen.« Als wir zusammen aus der Tür traten, sahen wir Paloquemados Kind in dem kleinen Sarg, das Gesicht mit Puder bedeckt, eine Rose im Mund und die Augen mit Zahnstochern offengehalten. Februar sandte uns seinen warmen Todeshauch, und im Zimmer hing der Duft von hitzedürrem Jasmin und Veilchen. Doch durch die Stille des Toten drang die andere Stimme beharrlich, einzigartig: »Denken Sie daran. Nicht mehr als sieben Sterne.«
Im Juli war er in unserem Haus. Er lehnte gerne an den Blumentöpfen des Geländers. Sagte: »Denk daran, daß ich dir nie in die Augen geschaut habe. Es ist das Geheimnis des Mannes, der Angst hat, sich zu verlieben.« Und es stimmte, ich erinnerte mich nicht an seine Augen. Ich hätte im Juli nicht sagen können, welche Farbe die Pupillen des Mannes hatten, den ich im Dezember heiraten wollte. Jedenfalls war der Februar sechs Monate früher nichts als eine tiefe Stimme am Mittag, war

ein Paar Congorochowürmer, Männchen und Weibchen, ineinandergerollt auf dem Boden des Badezimmers; die Dienstagsbettlerin bat um einen Melissenzweig, und er, aufrecht, lächelnd, in seinem hochgeknöpften Jackett sagte: »Ich werde dafür sorgen, daß Sie jede Minute an mich denken. Ich habe ein Bild von Ihnen hinter die Tür gestellt und Nadeln in die Augen gestochen.« Und Genoveva García wollte sich totlachen: »Dummheiten, die die Männer von den Guajira-Indios lernen.«

Ende März sollte er durchs Haus schlendern. Sollte stundenlang in Vaters Büro sitzen und ihn von der Wichtigkeit einer Sache überzeugen, die ich nie herauszufinden vermocht hatte. Elf Jahre sind seit meiner Hochzeit vergangen, neun seit er mir durchs Zugfenster Lebewohl sagte und mir das Versprechen abnahm, gut für das Kind zu sorgen, bis er uns holen würde. Diese neun Jahre sollten verstreichen, ohne daß Nachricht von ihm eintraf, ohne daß mein Vater, der ihm bei den Vorbereitungen für diese Reise ohne Ende geholfen hatte, ein Wort über seine Rückkehr verlor. Indes, nicht einmal in den drei Jahren, die unsere Ehe dauerte, war er konkreter und greifbarer als bei

der Totenwache für Paloquemados Kind oder an jenem Märzsonntag, da ich ihn zum zweiten Mal sah, als Veva García und ich von der Kirche zurückkehrten. Er stand in der Hoteltür, allein, die Hände in den Seitentaschen seines vierknöpfigen Jacketts vergraben. Sagte: »Jetzt werden Sie Ihr ganzes Leben an mich denken, weil Ihr Bild schon die Nadeln hat fallen lassen.« Er sagte es mit so erloschener, gespannter Stimme, daß es wahr klang. Doch auch diese Wahrheit war anders und seltsam. Genoveva beharrte: »Das sind Schweinereien der Guajiros.« Drei Monate später brannte sie mit dem Direktor eines Puppentheaters durch, obgleich sie noch an jenem Sonntag zurückhaltend und sittsam gewirkt hatte. Martín sagte: »Mich beruhigt der Gedanke, daß sich in Macondo jemand meiner erinnern wird.« Und Genoveva García sagte bitter, mit verzerrtem Gesicht:
»Du Wildfang! Das vierknöpfige Jackett wird noch auf dir verrotten!«

7.

Wenn er auch das Gegenteil erhofft hatte, war er im Dorf eine merkwürdige Gestalt, apathisch trotz seiner offensichtlichen Bemühungen, gesellig und herzlich zu wirken. Er lebte mit den Leuten von Macondo, doch abseits von ihnen durch die Erinnerung an eine Vergangenheit, gegen die jeder Berichtigungsversuch machtlos schien. Man betrachtete ihn neugierig wie ein düsteres Tier, das lange Zeit im Schatten verweilt hat, nun wieder auftauchte und eine Haltung zur Schau stellte, die dem Dorf als Tarnung und folglich verdächtig vorkommen mußte.

Beim Einbruch der Nacht kehrte er vom Friseur zurück und schloß sich in sein Zimmer ein. Seit einiger Zeit hatte er die Abendmahlzeit abgeschafft; deshalb gewann man im Haus zunächst den Eindruck, er kehre ermüdet heim, lege sich unverzüglich in seine Hängematte und schlafe durch bis zum nächsten Morgen. Doch es dauerte nicht lange, bis mir bewußt wurde, daß etwas Außerordentliches in seinen Nächten geschah. Man hörte nämlich, mit welch gequälter, wahrhaft wahnsinniger Besessenheit er im Zimmer umherging, so, als suche ihn in jenen Nächten das Gespenst des Menschen heim, der er bislang gewesen war, als lieferten sich beide, der vergangene Mensch und der gegenwärtige, eine dumpfe Schlacht, in der der Vergangene seine wütende Einsamkeit verteidigte, sein unverletzliches Selbstbewußtsein, und der Gegenwärtige seinen schrecklichen, unabänderlichen Willen, sich von seinem ureigenen früheren Menschen zu befreien. Ich hörte ihn bis zum Morgengrauen im Zimmer umhergehen, bis seine eigene Müdigkeit die Kraft seines unsichtbaren Gegners erschöpft hatte.

Nur ich nahm das wahre Maß seiner Veränderung wahr von der Zeit an, da er keine Gamaschen mehr trug und begann, jeden Tag ein Bad zu nehmen und seine Wäsche mit Duftwasser zu parfümieren. Wenige Monate danach hatte er sich so weit verwandelt, daß mein Gefühl ihm gegenüber aus schlichter, verständnisvoller Duldsamkeit in Mitleid überging. Es war nicht sein neues Aussehen auf der Straße, das mich rührte. Es war die Vorstellung, ihn im Geist die Nächte hindurch in seiner Behausung eingeschlossen zu wissen, während er den Lehm von den Stiefeln kratzte, einen Lappen in der Waschschüssel befeuchtete, die vom jahrelangen

Gebrauch abgenutzten Schuhe wichste. Mich rührte der Gedanke an die Schuhbürste und die Dose mit Schuhcreme, die er unter der Matratze verwahrte, den Augen der Welt entzogen, als seien sie Elemente eines geheimen, schamlosen Lasters, das er sich in einem Alter zugelegt hatte, in dem die meisten Männer heiter und ordentlich werden. Er durchlebte praktisch eine späte, unfruchtbare Jugend und gefiel sich darin, sich wie ein Heranwachsender zu kleiden, wobei er seinen Anzug jeden Abend mit der Handkante glattbügelte und doch nicht mehr jung genug war, um einen Freund zu haben, dem er seine Selbsttäuschungen und Enttäuschungen anvertrauen konnte.

Vermutlich nahm auch das Dorf diese Veränderung wahr, denn kurze Zeit darauf hieß es, er sei in die Tochter des Friseurs verliebt. Ich weiß nicht, ob dafür Gründe vorhanden waren, fest steht indes, daß dieser Klatsch mir seine schreckliche sexuelle Vereinsamung vor Augen führte, seine biologische Raserei, die ihn in jenen Jahren der Verwahrlosung und Verlassenheit gemartert haben mußte.

So sah man ihn nachmittags immer geschniegelter zum Friseur schreiten: das Hemd mit künstlichem

Kragen, die von goldenen Knöpfen zusammengehaltenen Manschetten, die piksaubere, frischgebügelte Hose, nur den Gürtel trug er noch immer oberhalb der Schlaufen. So war er wie der kümmerlich gepflegte, von der Aura billiger Parfums umhüllte Bewerber, der ewig verschmähte Verlobte, der abenddämmerliche Liebhaber, dem stets der Blumenstrauß fürs erste Stelldichein fehlte.

So überraschten ihn die ersten Monate des Jahres 1909, ohne daß ein anderer Anlaß für den Dorfklatsch vorhanden war als die Tatsache, daß er jeden Abend im Friseurladen gesehen wurde, wo er mit den Fremden sprach, ohne daß jedoch ein Mensch hätte versichern können, auch nur ein Mal die Tochter des Friseurs gesehen zu haben. Ich entdeckte die Grausamkeit dieser Klatschereien. Im Dorf entging es keinem, daß die Tochter des Friseurs Jungfer bleiben würde, nachdem sie ein Jahr lang die Verfolgung eines *Geistes* erduldet hatte, eines unsichtbaren Geliebten, der ihr Hände voll Erde ins Essen schüttete und ihr das Wasser im Tonkrug trübte, der die Spiegel des Friseurladens vernebelte und sie schlug, bis ihr Gesicht grün anlief und völlig entstellt war. Die Bemühungen von *El Cachorro* waren fruchtlos, die Schläge mit der Stola, die komplizierte Weihwassertherapie, die heiligen Reliquien und das mit dramatischem Eifer durchgeführte Gesundbeten. Als letztes Hilfsmittel sperrte die Frau des Friseurs die verhexte Tochter in ihre Kammer, streute Hände voll Reis ins Wohnzimmer und lieferte sie dem unsichtbaren Liebhaber in einsam-toten Flitterwochen aus, worauf selbst die Männer Macondos behaupteten, die Tochter des Friseurs habe empfangen.

Noch war kein Jahr um, als man aufhörte, auf das ungeheuerliche Ereignis ihrer Niederkunft zu warten, als die Neugierde der Bevölkerung um den in die Tochter des Friseurs verliebten Doktor kreiste, wenngleich alle Welt davon überzeugt war, daß die Verhexte sich in ihr Zimmer einschließen und dort schrumpfen würde, noch bevor ihre absehbaren Anwärter heiratsfähige Männer sein würden.

Ich wußte jedoch, daß dies weniger begründete Vermutung als bösartig ausgeheckter, grausamer Klatsch war. Gegen Ende 1909 ging er nach wie vor in den Friseurladen, und die Leute klatschten und rüsteten zur Hochzeit, ohne daß auch nur einer zu behaupten vermocht hätte, das Mädchen habe sich jemals in seiner Gegenwart gezeigt, und die beiden je Gelegenheit gehabt hätten, miteinander zu sprechen.

In einem ebenso sengend heißen toten September wie diesem vor dreizehn Jahren machte meine Stiefmutter sich ans Nähen meines Brautkleides. Jeden Nachmittag, während mein Vater seinen Mittagsschlaf hielt, setzten wir uns zum Nähen vor die Blumentöpfe ans Geländer neben das glühende kleine Herdfeuer des Rosmarinstrauchs. Der September war mein Leben lang so gewesen, seit dreizehn Jahren und noch viel länger. Da meine Hochzeit in engster Familie gefeiert werden sollte (so hatte es mein Vater bestimmt), nähten wir langsam, mit der peinlichen Sorgfalt von Menschen, die keine Eile haben und in ihrer unauffälligen Arbeit das beste Maß für ihre Zeit gefunden haben. Dabei redeten wir. Ich dachte immer noch an das Zimmerchen an der Straßenseite und sammelte Mut, um meiner Stiefmutter beizubringen, es sei der geeignetste Ort für Martíns Unterkunft. An jenem Nachmittag sagte ich es ihr.
Meine Stiefmutter nähte gerade die lange Spitzen-

schleppe und sah im blendenden Licht jenes unerträglich hellen, tönenden Septembers so aus, als sei sie bis zu den Schultern in eine Wolke dieses selben Septembers getaucht. »Nein«, sagte meine Stiefmutter. Und während sie zu ihrer Arbeit zurückkehrte, fühlte sie im Geist acht Jahre bitterer Erfahrungen vorüberziehen: »Verhüte Gott, daß jemand diesen Raum noch mal betritt.«

Martín war im Juli zurückgekehrt, wohnte aber nicht mehr bei uns. Er liebte es, an den Blumentöpfen des Geländers zu lehnen und in die entgegengesetzte Richtung zu blicken. Er liebte es zu sagen: »Ich würde gerne mein ganzes Leben in Macondo bleiben.« Gegen Abend wanderten wir mit meiner Stiefmutter in die Pflanzungen. Zur Abendmahlzeit kehrten wir zurück, bevor die Lichter im Dorf angingen. Dann sagte er: »Selbst wenn es nicht deinetwegen wäre, würde ich gerne mein ganzes Leben in Macondo wohnen bleiben.« Auch das, in der Art, wie er es sagte, klang wahr.

Zu jener Zeit waren es vier Jahren her, daß der Doktor unser Haus verlassen hatte. Und genau an dem Nachmittag, als wir uns ans Nähen meines Brautkleides machten – jenem erdrückenden

Nachmittag, an dem ich mit ihr über das Zimmerchen für Martín sprach –, erwähnte meine Stiefmutter zum ersten Mal seine merkwürdigen Gewohnheiten.

»Vor fünf Jahren«, sagte sie, »war er noch da, eingesperrt wie ein Tier. Aber er war nicht nur ein Tier, sondern mehr: ein pflanzenfressendes Tier, ein Wiederkäuer wie jeder Jochochse. Hätte er die Tochter des Friseurs geheiratet, die tote Fliege, die dem Dorf den Bären aufbinden wollte, sie habe nach trüben Flitterwochen mit einem Geist empfangen, vielleicht wäre nichts von alldem geschehen. Aber er brach seine Besuche im Friseurladen jäh ab und stellte eine letzte Veränderung zur Schau, die nichts weiter war als ein neues Kapitel in der methodischen Verwirklichung seines fürchterlichen Plans. Nur dein Vater konnte auf die Kateridee kommen, ein Mensch mit solch niederträchtigen Gewohnheiten solle ruhig bei uns wohnen bleiben, dürfe sich wie ein Tier aufführen, das Dorf verärgern und darauf abzielen, daß wir als Leute angesehen würden, welche die Moral und die guten Sitten unablässig herausforderten. Was er plante, sollte in Memes Umzug gipfeln. Doch nicht einmal damals erkannte dein Vater das beklemmende Ausmaß seines Irrtums.«

»Ich habe nichts davon gehört«, sagte ich. Die Zikaden hatten ein Sägewerk im Innenhof errichtet. Meine Stiefmutter redete, ohne ihre Näharbeit zu unterbrechen, ohne den Blick vom Stickrahmen zu heben, auf den sie Sinnbilder zeichnete und weiße Labyrinthe stickte. Sie sagte: »An jenem Abend saßen wir bei Tisch (außer ihm, da er seit dem Nachmittag, als er zum letzten Mal vom Friseurladen zurückgekehrt war, nicht mehr zu Abend aß), als Meme mit dem Essen hereinkam. Sie war verändert. ›Was fehlt dir, Meme?‹ sagte ich. ›Nichts, Señora. Warum?‹ Doch wir wußten, daß ihr etwas fehlte, denn sie schwankte im Lampenlicht und sah ganz krank aus. ›Um Gottes willen, Meme, dir fehlt doch etwas‹, sagte ich. Sie hielt sich mühsam aufrecht, so gut sie konnte, bis sie mit ihrem Tablett kehrtmachte, in Richtung auf die Küche. Dann sagte dein Vater, der sie die ganze Zeit beobachtet hatte: ›Wenn es Ihnen nicht gutgeht, legen Sie sich doch hin.‹ Sie sagte nichts. Sie ging weiter, mit dem Rücken zu uns, bis wir das Getöse krachenden Porzellans hörten. Meme stand auf der Veranda und krallte sich mit den Fingernägeln an der Wand fest. Dann ging dein Vater ihn in diesem Raum holen, damit er Meme behandelte.

»In den acht Jahren, die er in unserem Haus verbracht hatte«, sagte meine Stiefmutter, »hatten wir ihn nie um einen nennenswerten Dienst gebeten. Wir Frauen liefen in Memes Zimmer, rieben sie mit Alkohol ein und warteten, daß dein Vater zurückkehrte. Aber die beiden kamen nicht, Isabel. Er kam nicht, um nach Meme zu sehen, obwohl der Mann, der ihm acht Jahre lang freie Station, Unterkunft und frische Wäsche gewährt hatte, ihn persönlich darum gebeten hatte. Jedes Mal, wenn ich mich daran erinnere, denke ich, daß seine Ankunft eine Strafe Gottes war. Ich denke, daß all das Gras, das wir ihm acht Jahre lang gegeben hatten, daß all unsere Fürsorge und Betreuung eine uns von Gott auferlegte Prüfung war, eine Unterweisung in Vorsicht und Argwohn gegen die Welt. Es war, als hätten wir acht Jahre Gastfreundschaft, Ernährung, frische Wäsche vor die Säue geworfen. Meme lag im Sterben (zumindest glaubten wir das), und er blieb getrost in seinem Verlies und weigerte sich, das zu erfüllen, was nicht einmal ein Werk der Nächstenliebe, sondern höchstens des Anstands, des Dankes, der geringsten Rücksicht gegen seine Beschützer war.

Erst um Mitternacht kam dein Vater, sagte

schwach: ›Man soll ihr Abreibungen mit Alkohol geben, aber kein Abführmittel.‹ Es kam mir so vor, als hätte er mich geohrfeigt. Meme hatte auf unsere Abreibungen reagiert. Wütend schrie ich: ›Ja, Alkohol, jawohl. Wir haben sie bereits eingerieben, und es geht ihr besser. Doch dafür brauchten wir nicht acht Jahre lang einen Schmarotzer zu mästen.‹ Und dein Vater, noch immer willfährig, noch immer auf alberne Weise versöhnlich: ›Es ist nichts Ernstliches. Eines Tages wirst du es verstehen.‹ Als sei der andere ein Wahrsager.«

An jenem Nachmittag schien meine Stiefmutter als Folge ihrer heftigen Stimme, ihrer erregten Worte von neuem die Ereignisse jener fernen Nacht zu durchleben, als der Arzt sich geweigert hatte, Meme zu Hilfe zu eilen. Der Rosmarinbusch wirkte wie erstickt von der blendenden Septemberhelle, von den einschläfernden Zikaden, vom Keuchen der Männer, die in der Nachbarschaft eine Tür aufzubrechen suchten.

»Aber eines Sonntags ging Meme dann zur Messe, aufgemacht wie eine feine Dame«, sagte sie. »Ich erinnere mich, als wäre es heute, daß sie einen buntschillernden Sonnenschirm trug.

Meme. Meme. Auch das war Gottes Strafe. Wir

hatten sie dort weggeholt, wo ihre Eltern sie zu Tode hungern ließen, wir nahmen uns ihrer an, gaben ihr ein Dach über dem Kopf, Nahrung und Name, aber auch hier griff die Hand der Vorsehung ein. Als ich sie am nächsten Tag auf der Türschwelle sah, wartend, daß einer der Guajiros ihre Truhe schulterte, wußte nicht einmal ich, wohin sie ging. Sie war verändert und ernst, wie sie da neben ihrer Truhe stand (mir ist, als sähe ich sie noch) und mit deinem Vater sprach. All das geschah, ohne daß ich gefragt wurde, Chabela, als sei ich ein bunter Hampelmann an der Wand. Noch bevor ich fragen konnte, was los war, warum in meinem Haus seltsame Dinge vorgingen, ohne daß ich etwas davon erfuhr, kam dein Vater auf mich zu und sagte: ›Du hast Meme nichts zu fragen. Sie geht fort, kommt aber vielleicht bald wieder.‹ Ich fragte, wohin, doch er antwortete nicht. Er schlurfte in seinen Holzpantoffeln fort, als sei ich nicht seine Frau, sondern ein bunter Hampelmann an der Wand.

»Erst zwei Jahre später«, sagte sie, »erfuhr ich, daß der andere im Morgengrauen abgereist war und nicht einmal so viel Anstand besessen hatte, sich zu verabschieden. Er war gekommen und gegangen, als sei er hier zu Hause, ohne ein Wort, ohne sich zu verabschieden. Nicht anders, als wie ein Dieb gehandelt hätte. Ich dachte, dein Vater hätte ihn auf die Straße gesetzt, weil er Meme nicht behandelt hatte. Doch als ich ihm am selben Tag die Frage stellte, antwortete er nur: ›Du und ich, wir müssen das in Ruhe besprechen.‹ Fünf Jahre sind vergangen, ohne daß er je wieder den wunden Punkt berührt hätte.

Nur bei deinem Vater und in einem ungeordneten Haus wie diesem, wo jeder tut, was ihm paßt, konnte dergleichen passieren. In Macondo wurde von nichts anderem gesprochen, während ich noch nicht mal wußte, daß Meme in der Kirche erschienen war, aufgetakelt wie eine zur Dame beförderte Null, daß dein Vater die Stirn gehabt hatte, sie am Arm über den Platz zu führen. Erst dann erfuhr ich, daß sie nicht so weit weg war, wie ich vermutet hatte, sondern daß sie beim Doktor im Eckhaus wohnte. Sie hatten sich zusammengetan, wie zwei Säue, ohne je einen Schritt in die Kirche zu tun, obgleich sie getauft ist. Eines Tages sagte ich zu deinem Vater: ›Gott wird auch diese Ketzerin strafen.‹ Er sagte nichts. Er war und blieb derselbe ruhige Mensch von immer, nachdem er das

Konkubinat und das öffentliche Ärgernis begünstigt hatte.

Und doch bin ich froh, daß die Dinge so ausgegangen sind und zum Auszug des Doktors geführt haben. Wäre das nicht geschehen, würde er noch immer in dem Zimmerchen wohnen. Doch als ich erfuhr, daß er ausgezogen war und seine Schweinereien ins Eckhaus mitgenommen hatte und diese Truhe, die nicht durch die Straßentür ging, war mir wohler zumute. Das war mein acht Jahre lang aufgeschobener Triumph.

Zwei Wochen später hatte Meme ihren Laden eröffnet und besaß bereits eine Nähmaschine. Mit ihrem bei uns ersparten Geld hatte sie eine nagelneue *Domestic* gekauft. Ich sah das als Kränkung an und sagte es deinem Vater. Doch obgleich er auf meinen Einspruch nichts erwiderte, war er, statt Reue zu zeigen, sichtlich stolz auf sein Werk, als habe er seine Seele dadurch gerettet, daß er den Schicklichkeiten und der Ehre dieses Hauses seine sprichwörtliche Duldsamkeit, sein Verständnis und seine Vorurteilslosigkeit entgegengesetzt hatte. Und sogar ein Gran Unvernunft. Ich sagte zu ihm: ›Du hast den besten Teil deiner Überzeugungen vor die Säue geworfen.‹ Und er, wie immer: ›Auch das wirst du eines Tages verstehen.‹«

8.

Dezember kam mit einem unvorhergesehenen Frühling, wie er in Büchern beschrieben wird. Und mit ihm Martín. Er erschien bei uns nach dem Mittagessen mit einem weichen Handkoffer, noch immer in seinem nun sauberen, frischgebügelten vierknöpfigen Jackett. Er sprach kein Wort zu mir, sondern ging sofort in meines Vaters Büro, um mit ihm zu sprechen. Unser Hochzeitstag stand seit Juli fest. Doch zwei Tage nach Martíns Ankunft im Dezember rief mein Vater meine Stiefmutter ins Büro, um ihr zu sagen, die Hochzeit müsse am Montag stattfinden. Es war ein Samstag.

Mein Kleid war fertig. Martín war all die Tage im Haus, sprach mit meinem Vater, und dieser teilte uns seine Eindrücke bei den Mahlzeiten mit. Ich kannte meinen Verlobten nicht. Ich war nicht einen Augenblick mit ihm allein gewesen. Übrigens schien eine tiefe, feste Freundschaft Martín mit meinem Vater zu verbinden, und dieser sprach von jenem, als sei nicht ich es, sondern er, der Martín heiraten sollte.

Ich empfand nicht die geringste Erregung angesichts der bevorstehenden Hochzeit. Ich lebte in dieser grauen Nebelwolke, durch die Martín daherkam, starr und abstrakt, während er die Arme beim Reden bewegte und die vier Knöpfe seines Jacketts auf- und zuknöpfte. Sonntags aß er mit uns zu Mittag. Meine Stiefmutter deckte den Tisch so, daß Martín, durch drei Gedecke von mir getrennt, neben meinen Vater zu sitzen kam. Während der Mahlzeit tauschten meine Stiefmutter und ich wenige Worte. Mein Vater und Martín sprachen von ihren Geschäften; und ich, drei Stühle entfernt, sah den Mann, der ein Jahr später der Vater meines Sohnes sein würde und an den mich nicht einmal eine oberflächliche Freundschaft band.

Am Sonntagabend zog ich in der Bettnische meiner Stiefmutter mein Brautkleid an. Ich sah mich bleich und sauber im Spiegel, umgeben vom Spitzengewölk der Schleppe, die mich an das Gespenst meiner Mutter erinnerte. Ich sagte zum Spiegel: »Das bin ich, Isabel. Ich bin bräutlich gekleidet, um morgen früh zu heiraten.« Ich kannte mich selber nicht, im Gedenken an meine tote Mutter fühlte ich mich gespalten. Meme hatte mir von ihr erzählt, in diesem Eckhaus, wenige Tage zuvor.

Sie sagte mir, nach meiner Geburt sei meine Mutter in ihrem Hochzeitsstaat in den Sarg gelegt worden. Und jetzt, sah ich, durch mein Spiegelbild hindurch, die Gebeine meiner Mutter unter einem Berg von vermodertem Tüll und Klumpen gelblichen Staubs, das Ganze bedeckt vom Schimmel der Gruft. Ich stand außerhalb des Spiegels. Darin war meine Mutter, wieder lebendig, mich anblikkend, aus ihrem eisigen Raum die Hände hervorstreckend im Versuch, den Tod zu berühren, der die ersten Nadeln meines Brautkränzchens bannte. Dahinter, mitten in der Bettnische, mein Vater, ernst, verblüfft: »Jetzt gleichst du ihr aufs Haar, in diesem Kleid.«

In jener Nacht erhielt ich meinen ersten, letzten und einzigen Liebesbrief. Eine Botschaft Martíns, mit Bleistift auf die Rückseite eines Filmprogramms gekritzelt: *»Da es mir unmöglich ist, heute abend rechtzeitig da zu sein, werde ich morgen früh zur Beichte gehen. Sag dem Oberst, das Besprochene sei so gut wie abgeschlossen, daher kann ich jetzt nicht kommen. Hast du große Angst? M.«* Mit dem mehligen Geschmack dieses Briefes auf der Zunge ging ich in meine Bettnische und hatte noch beim Erwachen, als meine Stiefmutter mich wenige Stunden später wachrüttelte, einen bitteren Gaumen.

Doch in Wirklichkeit vergingen viele Stunden, bevor ich ganz wach war. Im Brautkleid kam ich mir wieder vor, als sei es ein frischer, feuchter, nach Moschus riechender Frühmorgen. Ich spürte Trockenheit im Mund, wie kurz vor einer Reise, wenn der Speichel sich weigert, das Brot zu befeuchten. Die Trauzeugen warteten seit vier Uhr im Wohnzimmer. Ich kannte sie alle, doch jetzt sah ich sie verwandelt und neu, die Männer in Tuchanzügen, die Frauen schwatzend in Hüten, das Haus mit dem dichten, aufreizenden Dampf ihrer Worte füllend.

Die Kirche war leer. Einige Frauen wandten sich nach mir um, als ich wie ein heiliger Jüngling durch das Mittelschiff auf den Opferstein zuschritt. *Der Hund,* hager und würdevoll, die einzige Person, die in diesem ungestüm schweigsamen Alptraum feste Umrisse hatte, kam die Altarstufen herunter und übergab mich Martín mit vier Bewegungen seiner kraftlosen Hände. Martín stand neben mir, ruhig und lächelnd, wie ich ihn bei der Totenwache von Palequemados Kind gesehen hatte, doch jetzt mit kurzgeschnittenem

Haar, wie um mir zu zeigen, daß er am Hochzeitstag Wert darauf legte, noch abstrakter zu sein, als er es an gewöhnlichen Tagen war.
An jenem frühen Morgen, schon wieder zu Hause, nachdem die Trauzeugen das Frühstück eingenommen und die üblichen Glückwunschworte gesprochen hatten, ging mein Ehemann aus und kehrte erst nach der Mittagsruhe zurück. Mein Vater und meine Stiefmutter gaben vor, meine Lage nicht wahrzunehmen. Sie ließen den Tag verstreichen, ohne die Ordnung der Dinge zu ändern, damit die außergewöhnliche Atmosphäre jenes Montags nicht auffiel. Ich legte meinen Brautstaat ab, wickelte ihn in ein Bündel und verwahrte ihn in der Tiefe des Kleiderschranks, wobei ich mich an meine Mutter erinnerte und dachte: *Wenigstens werden mir diese Fetzen als Leichentuch dienen.*
Mein unwirklicher Angetrauter kehrte gegen zwei Uhr nachmittags zurück und sagte, er habe zu Mittag gegessen. Als ich ihn mit seinen kurzgeschorenen Haaren kommen sah, war der Dezember für mich kein blauer Monat mehr. Martín setzte sich neben mich, und einen Augenblick sprachen wir nicht. Zum ersten Mal seit meiner Geburt hatte ich Angst vor dem Einbruch der

Nacht. Ich verriet es wohl durch eine Gebärde, denn plötzlich schien Martín zu leben und, sich über meine Schulter beugend, sagte er: »Woran denkst du?« Ich fühlte, daß sich in meinem Herzen etwas zusammenzog: Der Unbekannte hatte mich zu duzen begonnen. Ich blickte aufwärts, dorthin, wo der Dezember eine riesige glänzende Kugel, ein leuchtender Monat aus Glas war, und sagte: »Ich denke daran, daß uns jetzt nur eines fehlt – Regen.«

In der letzten Nacht, als wir auf der Veranda sprachen, war es heißer als gewöhnlich. Wenige Tage später sollte er für immer aus dem Friseurladen zurückkehren und sich in seinem Zimmer einschließen. Doch in jener letzten Nacht auf der Veranda, eine der heißesten, stickigsten Nächte, die mir in Erinnerung geblieben sind, zeigte er sich verständnisvoll wie selten. Das einzig offenbar Lebendige in diesem gewaltigen Backofen war der dumpfe Widerhall der vom Durst der Natur gereizten Zikaden und die winzige, unbedeutende und dennoch maßlose Tätigkeit des Rosmarinbuschs und der Narde, die inmitten dieser verlassenen Stunde brannten. Einen Augenblick verharrten wir beide stumm und schwitzten die fette, zähe Substanz aus, die kein Schweiß ist, sondern der freigesetzte Geifer der lebenden Materie in Zersetzung. Bisweilen blicke er auf zu den Sternen, zu dem über so viel Sommerpracht trostlosen Himmel; dann schwieg er, wie bezwungen von der Übermacht jener ungeheuerlich lebendigen Nacht. So saßen wir nachdenklich einander gegenüber, er auf seinem Ledersitz, ich im Schaukelstuhl. Plötzlich, blitzschnell wie eine weiße Schwinge, sah ich, wie er seinen traurigen, einsamen Kopf gegen die linke Schulter neigte. Ich dachte an sein Leben, an seine Einsamkeit, an seine fürchterliche geistige Verwirrung. Ich dachte an die gequälte Gleichgültigkeit, mit der er dem Schauspiel des Lebens beiwohnte. Vorher hatte ich mich ihm durch komplexe Empfindungen verbunden gefühlt, die gelegentlich widersprüchlich waren und ebenso wandelbar wie seine Persönlichkeit. Doch in jenem Augenblick hegte ich nicht den geringsten Zweifel, daß ich ihn innig zu lieben begann. Ich glaubte in meinem Innern diese geheimnisvolle Kraft zu entdecken, die mich vom ersten Augenblick an veranlaßt hatte, ihn zu beschützen, und ich spürte den Schmerz seines dunklen erdrückenden Zimmerchens wie eine offene Wunde in meinem Fleisch. Ich sah ihn düster und vernichtet, von den Umständen bezwungen. Und plötzlich, bei einem neuen Blick seiner harten, durchdringenden, gelblichen Augen, hatte ich die Gewißheit, daß das Geheimnis seiner labyrinthischen Einsamkeit mir vom gespannten Pulsschlag der Nacht offenbart worden war. Noch bevor ich Zeit gefunden hatte, darüber nachzudenken, warum ich es tat, fragte ich:

»Sagen Sie mir eines, Doktor: Glauben Sie an Gott?«

Er blickte mich an. Das Haar fiel ihm über die Stirn und versengte ihn in einer Art inneren Erstickens, und doch verriet sein düsteres Gesicht keinen Schatten von Erregung oder Ratlosigkeit. Mit seiner beherrschten, sparsamen Wiederkäuerstimme sagte er:

»Es ist das erste Mal, daß mir jemand diese Frage stellt.«

»Und Sie selbst, Doktor, haben Sie sie sich jemals gestellt?«

Er schien weder gleichgültig noch bekümmert. Er schien lediglich an meiner Person interessiert. Nicht mal an meiner Frage und noch weniger an meiner Absicht.

»Das ist schwer zu sagen«, sagte er.
»Aber flößt Ihnen eine Nacht wie diese keine Angst ein? Haben Sie nicht das Gefühl, daß da ein Mensch ist, größer als alle, der durch die Pflanzungen schreitet, während nichts sich regt und alle Dinge ratlos scheinen vor dem Schreiten dieses Menschen?«
Diesmal blieb er stumm. Die Zikaden füllten die Luft über den lauen, lebendigen, fast menschlichen Duft hinaus, der aufstieg aus dem zum Andenken an meine erste Frau gepflanzten Jasmin. Ein Mensch ohne Maß schritt allein durch die Nacht.
»Ich glaube nicht, daß mich dergleichen beunruhigt, Oberst.« Jetzt schien er ratlos, auch er, wie die Dinge, wie der Rosmarin und die Narde an ihrem brennenden Ort. »Mich beunruhigt«, sagte er und blickte mir in die Augen, hart, unmittelbar: »Mich beunruhigt, daß es jemanden gibt wie Sie, der mit Gewißheit behaupten kann, er sei sich dieses Menschen bewußt, der durch die Nacht schreitet.«
»Wir suchen unsere Seele zu retten, Doktor. Das ist der Unterschied.«
Nun ging ich noch weiter, als ich im Sinn hatte.

Ich sagte: »Sie hören es nicht, weil Sie Atheist sind.«
Und er, ruhig, unerschütterlich:
»Glauben Sie mir, ich bin kein Atheist, Oberst. Mich beunruhigt der Gedanke, daß Gott existiert, ebenso, wie der Gedanke, daß er nicht existiert. Daher ziehe ich vor, nicht darüber nachzudenken.«
Ich weiß nicht, warum ich ahnte, daß er genau das antworten würde. Er ist ein von Gott Beunruhigter, dachte ich, als ich hörte, was er soeben mit so viel Unmittelbarkeit, Klarheit, Genauigkeit gesagt hatte, als habe er es in einem Buch gelesen. Ich war noch trunken vom Schlaftrunk der Nacht. Ich fühlte mich ins Herz einer riesigen Galerie prophetischer Bilder versetzt.
Dort, hinter dem Geländer, lag das Gärtchen, das Adelaida und meine Tochter pflegten. Dort brannte der Rosmarin, weil beide ihm jeden Morgen ihre Pflege angedeihen ließen, damit er in Nächten wie dieser seinen brennenden Hauch durchs Haus verströmte und den Schlaf vertiefte. Der Jasmin verbreitete seinen aufdringlichen Atem, und wir nahmen ihn an, weil er Isabels Alter besaß, weil sein Geruch gewissermaßen eine

Verlängerung ihrer Mutter war. Die Zikaden zirpten im Buschwerk des Innenhofs, denn wir hatten vergessen, das Unkraut nach dem Regen zu jäten. Das einzig Unglaubliche, Wunderbare war, daß er dasaß und sich mit seinem gewaltigen, gewöhnlichen Taschentuch die schweißglänzende Stirn trocknete.

Nach einer neuen Pause sagte er:

»Ich wüßte gern, warum Sie mir diese Frage gestellt haben, Oberst.«

»Sie ist mir plötzlich eingefallen«, sagte ich. »Vielleicht weil ich seit sieben Jahren wissen möchte, was ein Mann wie Sie denkt.«

Auch ich wischte mir den Schweiß ab. Ich sagte: »Vielleicht sorge ich mich um Ihre Einsamkeit.« Ich wartete auf eine Antwort, die nicht kam. Ich sah ihn vor mir, noch immer traurig und allein. Ich dachte an Macondo, an den Wahnsinn seiner Einwohner, die bei Festlichkeiten Banknoten verbrannten; an den ziellosen Laubsturm, dem nichts gut genug war, der alles geringschätzte, der sich im Sumpf seiner Instinkte sielte und in der Ausschweifung die Befriedigung seiner Gelüste fand. Ich dachte an sein Leben, bevor der Laubsturm gekommen war. Und an sein späteres Leben, an seine billigen Parfums, an seine alten gewichsten Schuhe, den Klatsch, der ihn verfolgte wie ein ihm unbekannter Schatten. Ich sagte:

»Doktor, haben Sie nie daran gedacht, sich eine Frau zu nehmen?«

Bevor ich meine Frage richtig ausgesprochen hatte, antwortete er bereits mit einer seiner langen Abschweifungen:

»Sie lieben Ihre Tochter sehr, Oberst, nicht wahr?« Ich erwiderte, das sei doch natürlich. Er sprach weiter:

»Schön. Aber Sie sind anders. Niemand schlägt die eigenen Nägel lieber ein als Sie. Ich habe Sie Angeln an eine Tür schrauben sehen, obgleich mehrere in Ihrem Dienst beschäftigte Männer es für Sie hätten tun können. Dergleichen macht Ihnen Spaß. Ich glaube, Ihr Glück besteht darin, mit einem Werkzeugkasten durchs Haus zu wandern, auf der Suche nach schadhaften Stellen. Sie sind imstande und danken jemandem, der Ihnen Ihre Angeln herausschraubt, Oberst. Sie danken ihm dafür, daß er Ihnen auf diese Weise eine Gelegenheit zum Glücklichsein beschert.«

»Es ist eine Angewohnheit«, sagte ich, ohne zu wissen, worauf er abzielte. »Es heißt, meine Mutter sei ebenso gewesen.«

Er hatte reagiert. Seine Haltung war friedfertig, aber unnachgiebig.
»Gut«, sagte er. »Die Gewohnheit ist gut. Sie ist überdies das am wenigsten kostspielige Glück, das ich kenne. Daher haben Sie das Haus, das Sie besitzen, und haben Ihre Tochter auf diese Weise erzogen. Ich meine: Es muß schön sein, eine Tochter wie die Ihrige zu haben.«
Noch immer entging mir die Absicht hinter dieser langen Abschweifung. Dennoch fragte ich:
»Und Sie, Doktor, haben Sie nie an die Wohltat gedacht, eine Tochter zu haben?«
»Ich nicht, Oberst«, sagte er. Und er lächelte, wurde aber sofort wieder ernst. »Meine Kinder würden nicht wie Ihre sein.«
Nun hegte ich nicht mehr den geringsten Zweifel: Er sprach in vollem Ernst, und dieser Ernst, diese Lage erschienen mir schrecklich. Ich dachte: *Er verdient dafür mehr Mitleid als für alles andere.* Er braucht Schutz, dachte ich.
»Sie haben vom *Hund* gehört?«
Er verneinte. Ich sagte: »*Der Hund* ist der Gemeindepfarrer, aber darüber hinaus ist er der Freund aller Welt. Sie sollten ihn kennenlernen.«
»Ah, ja, ja, ja«, sagte er. »Er hat *auch* Kinder, nicht?«

»Das interessiert mich im Augenblick nicht«, sagte ich. »Die Leute erfinden Klatschgeschichten über den *Hund,* weil sie ihm zugetan sind. Er ist ein Fall für Sie, Doktor. *Der Hund* ist weit davon entfernt, ein Knierutscher zu sein, ein Piusbruder, wie wir sagen. Er ist ein ganzer Mann, der seine Pflichten erfüllt wie ein Mann.«
Nun hörte er aufmerksam zu. Er war schweigsam, gesammelt, seine harten gelblichen Augen waren auf meine geheftet. Er sagte: »Das ist gut, nicht?«
»Ich glaube, *Der Hund* wird als Heiliger enden«, sagte ich. Auch das war aufrichtig. »Wir haben in Macondo noch nicht so etwas erlebt. Anfangs hegten die Leute Argwohn gegen ihn, weil er von hier ist, weil die Alten noch wissen, wie er mit den Gassenbuben auf Vogelfang auszog. Er kämpfte im Krieg, wurde Oberst, und das war ein Nachteil. Sie wissen, die Leute achten Veteranen genausowenig wie Priester. Überdies waren wir nicht daran gewöhnt, daß man uns aus dem Bristol-Almanach vorlas statt aus der Bibel.«
Er lächelte. Das kam ihm offenbar genauso komisch vor wie uns in den ersten Tagen. Er sagte: »Kurios, nicht?«
»So ist *Der Hund.* Er zieht vor, das Dorf über at-

mosphärische Phänomene zu belehren. Er hat für Stürme eine fast theologische Schwäche. Jeden Sonntag spricht er von ihnen. Seine Predigt fußt daher nicht auf den Evangelien, sondern auf den Wettervorhersagen des Bristol-Almanachs.«
Nun lächelte er und hörte mit dynamischer, bereitwilliger Aufmerksamkeit zu. Auch ich war angeregt. Sagte: »Noch etwas, was Sie interessieren wird, Doktor. Wissen Sie, seit wann *Der Hund* in Macondo ist?«
Er verneinte.
»Er kam zufällig am selben Tag an wie Sie«, sagte ich. »Und noch kurioser ist dies: Hätten Sie einen älteren Bruder, ich bin sicher, er wäre genau wie *Der Hund.* Körperlich, versteht sich.«
Jetzt schien er an nichts anderes mehr zu denken. Ich merkte an seinem Ernst, an seiner gesammelten, beharrlichen Aufmerksamkeit, daß der Moment gekommen war, an dem ich sagen konnte, was ich mir vorgenommen hatte:
»Drum gut, Doktor«, sagte ich. »Machen Sie dem *Hund* einen Besuch, und Sie werden merken, daß die Dinge nicht so sind, wie Sie sie sehen.«
Er willigte ein, den *Hund* zu besuchen.

9.

Kalt, stumm, hartnäckig setzt das Hängeschloß Rost an. Adelaida hängte es vor die Zimmertür, als sie erfuhr, daß der Doktor mit Meme zusammenlebte. Meine Frau sah seinen Umzug als ihren Triumph an, als den Höhepunkt einer systematischen, beharrlichen Arbeit, die sie in dem Augenblick begonnen hatte, als ich beschloß, daß er bei uns wohnen sollte. Siebzehn Jahre danach hütet das Hängeschloß noch immer seine einstige Behausung.

Wenn an meiner acht Jahre hindurch unveränderten Haltung in den Augen der Menschen etwas Unwürdiges oder in Gottes Augen etwas Undankbares war, würde die Strafe mich lange vor meinem Tod ereilen. Vielleicht war es mir bestimmt, im Leben zu sühnen, was ich als menschliche Pflicht, als christliche Schuldigkeit angesehen hatte. Denn das Hängeschloß hatte noch keinen Rost angesetzt, als Martín ins Haus kam, mit einer Brieftasche voller Projekte, deren Echtheit ich nie hatte ermitteln können, und mit dem festen Entschluß, meine Tochter zu heiraten. Er kam in mein Haus in einem Jackett mit vier Knöpfen, Jugend und Tatendrang quollen ihm aus allen Poren, und er verbreitete eine Aura von Sympathie um sich. Er heiratete Isabel im Dezember vor elf Jahren. Neun sind verstrichen, seit er mit einer Brieftasche voller von mir unterzeichneter Schuldverschreibungen abreiste und zurückzukehren versprach, sobald der von ihm geplante Abschluß, für den er mit meinem finanziellen Rückhalt rechnete, unter Dach und Fach wäre. Neun Jahre sind verstrichen, doch deshalb habe ich nicht das Recht, ihn für einen Hochstapler zu halten. Ich habe nicht das Recht, seine Heirat für einen Vorwand zu halten, mir seine Ehrlichkeit zu beweisen. Immerhin haben acht Jahre Erfahrung zu etwas gedient. Martín hätte das Zimmerchen beziehen können. Adelaida widersetzte sich. Ihr Widerstand war diesmal eisern, entschlossen, unwiderruflich. Ich wußte, daß meine Frau keine Mühe gescheut hätte, den Pferdestall als Hochzeitsalkoven herzurichten, nur um das junge Paar nicht in das Zimmerchen ziehen zu lassen. Diesmal machte ich mir ihren Standpunkt zu eigen. Das war meine Anerkennung für ihren acht Jahre lang aufgeschobenen Triumph. Wenn wir uns beide in unserem Vertrauen Martín gegenüber getäuscht hatten, so

war es ein gemeinsamer Irrtum. Da gibt es für keinen von beiden Triumph oder Niederlage. Außerdem ging das, was danach kam, weit über unsere Kräfte, es war wie die im Almanach angekündigten atmosphärischen Phänomene, die eintreten, komme, was da wolle.
Als ich Meme aufforderte, unser Haus zu verlassen und den Weg zu gehen, den sie für richtig hielt, und auch später, obgleich Adelaida mir meine Schwächen und Fehler vorwarf, konnte ich mich auflehnen, meinen Willen durchsetzen (was ich stets getan hatte) und die Dinge auf meine Art ordnen. Doch etwas sagte mir, daß ich gegen den Lauf der Ereignisse machtlos war. Nicht ich regelte die Dinge in meinem Heim, sondern eine andere geheimnisvolle Macht, die den Lauf unseres Daseins ordnete und deren gefügiges, bedeutungsloses Werkzeug wir waren. Nunmehr schien alles der natürlichen und verketteten Erfüllung einer Prophezeiung zu gehorchen.
Durch die Art, wie Meme ihre Butike eröffnete (im Grunde mußte alle Welt wissen, daß eine tüchtige Frau, die von heute auf morgen die Konkubine eines Landarztes wird, früher oder später einen Laden aufmacht), erfuhr ich, daß er in unse-

rem Haus eine wider Erwarten bedeutende Geldsumme angesammelt hatte, zahllose Banknoten und Münzen, die er seit der Zeit, da er Patienten behandelte, in seinen Schreibtisch stopfte.
Als Meme ihre Butike eröffnete, wurde vermutet, er sitze im Hinterstübchen, eingepfercht von Gott weiß was für unerbittlichen prophetischen Bestien. Man wußte, daß er keine Nahrungsmittel von draußen zu sich nahm, daß er einen Gemüsegarten angelegt hatte und Meme in den ersten Monaten ein Stück Fleisch für sich kaufte, daß sie jedoch nach einem Jahr diese Gewohnheit aufgab, vielleicht weil sie durch das Zusammenleben mit dem Mann zur Vegetarierin geworden war. Nun schlossen sich die beiden ein, bis die Behörden die Türen aufbrachen, das Haus durchsuchten und den Gemüsegarten umgruben, um Memes Leiche zu finden.
Man vermutete damals, daß er eingeschlossen in seiner alten, zerschlissenen Hängematte schaukelte. Doch sogar in jenen Monaten, da man nicht mehr auf seine Rückkehr in die Welt der Lebenden wartete, wußte ich, daß sein verstocktes Eingeschlossensein, sein dumpfer Kampf gegen Gottes Drohung seinen Höhepunkt erreichen würde,

lange bevor der Tod ihn ereilte. Ich wußte, daß er früher oder später aus seinem Bau kriechen würde, weil kein Mensch ein halbes Leben in der Eingeschlossenheit fern von Gott leben kann, ohne auszubrechen und dem Erstbesten an der Straßenecke willenlos jene Rechenschaft abzulegen, die seine Inquisitoren ihm nicht abgezwungen hätten, weder durch Fußschellen noch Block, weder durch das Martyrium des Feuers oder Wassers noch durch die Qualen des Kreuzes oder des Schraubstocks, weder durch Holzpflöcke, heiße Eisen in den Augen, das ewige Salz auf der Zunge und das Marterpferd, noch durch die Geißel und die Folterbank und gar die Liebe. Und diese Stunde sollte für ihn kommen, wenige Jahre vor seinem Tod. Ich kannte diese Wahrheit schon lange, seit der letzten Nacht, in der wir auf der Veranda redeten, und später, als ich ihn im Zimmerchen aufsuchte, damit er sich um Meme kümmerte. Hätte ich mich seinem Wunsch, mit ihr als Mann und Frau zusammenzuleben, widersetzen können? Vorher hätte ich es vielleicht vermocht. Doch nun nicht mehr, weil ein neues Kapitel des Verhängnisses seit drei Monaten seinen Lauf genommen hatte. In jener Nacht lag er nicht in der Hängematte. Lag mit dem Rücken auf seiner Pritsche, den Kopf zurückgebogen, die Augen fest auf die Stelle der Decke geheftet, die der Handleuchter am hellsten beschien. Der Raum hatte elektrisches Licht, doch er machte keinen Gebrauch davon und lag lieber im Halbdunkel, die Augen starr in die Finsternis gerichtet. Er rührte sich nicht, als ich seine Behausung betrat, aber ich merkte beim Überschreiten der Schwelle, daß er sich nicht mehr allein fühlte. Ich sagte: »Wenn es Ihnen nicht allzuviel ausmacht, Doktor – das Guajira-Mädchen ist allem Anschein nach unwohl.« Er richtete sich im Bett auf. Einen Augenblick vorher hatte er gewußt, daß er nicht mehr allein war. Jetzt wußte er, daß ich mich im Zimmer befand. Das waren fraglos zwei völlig verschiedene Empfindungen, denn er durchlebte eine unmittelbare Verwandlung, strich sich das Haar glatt und blieb auf dem Bettrand sitzen, abwartend.

»Es geht um Adelaida, Doktor. Sie wünscht, daß Sie nach Meme schauen«, sagte ich.

Und er, sitzend, mit seiner sparsamen Wiederkäuerstimme, antwortete in einem Zug:

»Ist nicht nötig. Sie ist einfach schwanger.«

Dann neigte er sich vor, schien mein Gesicht zu

mustern und sagte: »Meme schläft seit Jahren mit mir.«
Ich gestehe, ich war nicht überrascht. Ich fühlte weder Unmut noch Ratlosigkeit noch Zorn. Ich fühlte nichts. Vielleicht war sein Geständnis für meine Begriffe zu schwerwiegend und überstieg mein normales Begriffsvermögen. Ich blieb gleichgültig und wußte nicht einmal, warum. Blieb ruhig stehen, reglos, ebenso kalt wie er, wie seine sparsame Wiederkäuerstimme. Dann, als eine lange Schweigepause verstrichen war und er noch immer auf der Pritsche saß, ohne sich zu regen, als warte er, daß ich den ersten Entschluß traf, begriff ich in all seiner Tragweite, was er soeben gesagt hatte. Doch nun war es zu spät, um Unmut zu verspüren.
»Solange Sie sich über die Lage klar sind, Doktor.« Mehr brachte ich nicht heraus. Er sagte:
»Man trifft seine Vorsichtsmaßnahmen, Oberst. Wenn man ein Risiko läuft, weiß man, wie. Wenn etwas schiefgeht, so deshalb, weil etwas Unvorhergesehenes eingetroffen ist, das wir nicht verhindern konnten.«
Ich kannte diese Art von Ausflüchten. Wie immer wußte ich nicht, worauf er abzielte. Ich zog einen

Stuhl näher und setzte mich vor ihn hin. Dann verließ er die Pritsche, schnallte den Gürtel fest, zog die Hosen hoch und zurecht. Er sprach aus der Zimmerecke weiter. Sagte:

»Genauso sicher wie ich meine Vorsichtsmaßnahmen getroffen habe, ist sie zum zweiten Mal schwanger geworden. Das erste Mal war sie es vor eineinhalb Jahren, und Sie haben nichts gemerkt.«

Er sprach ohne Erregung weiter und ging auf die Pritsche zu. Im Dunkeln spürte ich seine langsamen festen Schritte auf dem Fliesenboden.

»Aber damals war sie zu allem bereit. Diesmal nicht. Vor zwei Monaten sagte sie, sie sei wieder schwanger, und ich sagte wie beim ersten Mal zu ihr: Komm heute abend, ich mache dir wieder das gleiche. An jenem Tag sagte sie: Heute nicht, lieber morgen. Als ich zum Kaffeetrinken in die Küche kam, sagte ich, ich hätte auf sie gewartet, sie aber sagte, sie käme nie wieder.«

Er war vor der Pritsche stehengeblieben, setzte sich aber nicht. Wieder kehrte er mir den Rücken und begann eine neue Runde durchs Zimmer. Ich hörte ihn sprechen. Spürte das Hin und Her im Fluß seiner Stimme, als spräche er mit mir, während er dabei in der Hängematte schaukelte. Er

sprach ruhig, aber bestimmt. Ich wußte, daß es nutzlos gewesen wäre, ihn zu unterbrechen. Ich hörte nur zu. Und er sagte:
»Übrigens kam sie zwei Tage später. Ich hatte alles vorbereitet. Ich sagte, sie solle sich setzen, und ich trat zum Tisch wegen des Glases. Dann, als ich sagte, trink das, wurde mir klar, daß sie es diesmal nicht tun würde. Sie blickte mich ohne zu lächeln an und sagte mit einem Anflug von Grausamkeit: ›Diesmal treibe ich nicht ab, Doktor. Dieses bringe ich zur Welt und ziehe es auf.‹«
Seine Ruhe brachte mich aus der Fassung. Ich sagte: »Das rechtfertigt nichts, Doktor. Sie haben zweimal eine unwürdige Handlung begangen; erstens weil Sie unter meinem Dach ein Verhältnis gehabt haben, und zweitens wegen der Abtreibung.«
»Sie haben aber doch gesehen, daß ich alles getan habe, was ich konnte, Oberst. Mehr konnte ich nicht tun. Dann, als ich sah, daß der Fall nicht zu retten war, beschloß ich mit Ihnen zu reden. Ich wollte es an einem dieser Tage tun.«
»Sie wissen sicherlich, daß es einen Ausweg aus einer derartigen Lage gibt, falls Sie die Kränkung wirklich gutmachen wollen. Sie kennen die

Grundsätze der Bewohner dieses Hauses«, sagte ich.

Und er sagte:

»Ich möchte Ihnen keinerlei Unannehmlichkeiten bereiten, Oberst. Ich wollte nur das sagen: Ich werde mit dem Guajira-Mädchen ins Haus an der Ecke ziehen.«

»Im öffentlichen Konkubinat, Doktor«, sagte ich. »Wissen Sie, was das für uns bedeutet?«

Jetzt kehrte er zur Pritsche zurück. Setzte sich, beugte sich vor und sprach, indem er die Ellbogen auf die Schenkel stützte. Sein Tonfall veränderte sich. Anfangs klang er kühl. Dann aber grausam und herausfordernd. Er sagte:

»Ich schlage Ihnen die einzige Möglichkeit vor, die Ihnen keinerlei Unannehmlichkeiten verursachen würde, Oberst. Die andere wäre, zu erklären, daß das Kind nicht von mir ist.«

»Meme würde es sagen«, sagte ich. Ich fühlte Empörung in mir aufsteigen. Seine Ausdrucksweise war jetzt allzu herausfordernd und aggressiv, als daß ich sie ruhig hinnehmen konnte.

Er aber sagte hart, unerbittlich:

»Sie können mir unbesorgt glauben: Meme wird es nicht sagen. Denn ich bin dessen, was ich sage, sicher: Ich werde sie ins Eckhaus mitnehmen, nur um Ihnen Unannehmlichkeiten zu ersparen. Nichts als das, Oberst.«

Er hatte mit solcher Sicherheit abzustreiten gewagt, daß Meme ihm die Vaterschaft ihres Kindes zuschreiben könnte, daß ich jetzt tatsächlich Unmut empfand. Etwas sagte mir, daß seine Kraft viel tiefer verwurzelt war als seine Worte. Ich sagte:

»Wir vertrauen Meme wie unserer eigenen Tochter, Doktor. In diesem Fall würde sie auf unserer Seite stehen.«

»Wenn Sie wüßten, was ich weiß, würden Sie nicht so sprechen, Oberst. Erlauben Sie mir, daß ich Ihnen sage: Wenn Sie das Indio-Mädchen mit Ihrer Tochter vergleichen, beleidigen Sie Ihre Tochter.«

»Sie haben keine Gründe, so zu sprechen«, sagte ich. Und er, noch immer mit jener bitteren Härte in der Stimme, antwortete: »Die habe ich. Und wenn ich Ihnen versichere, daß sie nicht behaupten kann, ich sei der Vater ihres Kindes, so habe ich auch dafür Gründe.«

Er warf den Kopf zurück. Atmete tief, sagte:

»Hätten Sie Zeit, Meme zu überwachen, wenn sie

nachts ausgeht, Sie würden nicht einmal verlangen, daß ich sie mitnehme. In diesem Fall bin ich es, der Risiken eingeht, Oberst. Ich lade mir einen Toten auf, um Ihnen Unannehmlichkeiten zu ersparen.«

Jetzt begriff ich, daß er mit Meme nicht einmal durchs Kirchenportal schreiten würde. Schlimm ist nur, daß ich nach seinen letzten Worten nicht mehr gewagt hätte, das auf mich zu nehmen, was mein Gewissen später hätte furchtbar belasten können. Ich besaß mehrere Trümpfe. Doch die einzige Trumpfkarte, die er hielt, hätte genügt, eine Wette gegen mein Gewissen zu gewinnen.

»Sehr gut, Doktor«, sagte ich. »Heute nacht noch werde ich dafür sorgen, daß das Eckhaus hergerichtet wird. Aber jedenfalls möchte ich Sie darauf aufmerksam machen, daß ich Sie aus meinem Haus werfe, Doktor. Sie verlassen es nicht auf eigenen Antrieb. Bei Oberst Aureliano Buendía wäre Ihnen die Art und Weise, wie Sie Vertrauen entgelten, teuer zu stehen gekommen.«

Und während ich hoffte, seine Instinkte geweckt zu haben und auf den Ausbruch seiner dunklen Urkräfte wartete, warf er mir das ganze Gewicht seiner Würde entgegen.

»Sie sind ein Mann von Anstand, Oberst«, sagte er. »Alle Welt weiß es, und ich habe lange genug in diesem Hause gewohnt, um von Ihnen nicht daran erinnert werden zu müssen.«
Als er aufstand, wirkte er nicht triumphierend. Er schien nur befriedigt, unseren acht Jahre lang bezeugten Aufmerksamkeiten entsprochen zu haben. Ich war es, der verstört war und sich schuldig fühlte. In jener Nacht, als ich den Keim des Todes so sichtlich in seinen harten gelblichen Augen wachsen sah, begriff ich, daß meine Haltung egoistisch war und daß ich wegen dieses einen Makels in meinem Gewissen für den Rest des Lebens ein schreckliches Sühneopfer würde bringen müssen. Er hingegen war in Frieden mit sich, sagte:
»Was Meme betrifft, so soll man ihr Abreibungen mit Alkohol geben, aber kein Abführmittel.«

10.

Mein Großvater ist zu Mama zurückgekehrt. Sie sitzt völlig abwesend da. Ihr Kleid und ihr Hut sind hier, auf dem Stuhl, aber meine Mutter ist nicht mehr vorhanden. Mein Großvater tritt auf sie zu, sieht sie versunken, bewegt seinen Stock vor ihren Augen und sagt: »Wach auf, Kind.« Meine Mutter hat geblinzelt, hat den Kopf geschüttelt. »Woran denkst du?« sagt mein Großvater. Und sie, mühsam lächelnd: »Ich dachte an den *Hund.*«

Mein Großvater setzt sich von neuem neben sie, den Bart auf seinen Stock gestützt. Sagt: »Welcher Zufall. Ich dachte auch an ihn.«

Sie verstehen ihre Worte. Sie sprechen, ohne einander anzublicken, Mama auf dem Stuhl hingegossen, sich auf den Arm klopfend, mein Großvater neben ihr sitzend, noch immer den Bart auf den Stock gestützt. Aber auch so verstehen sie ihre Worte, wie Abraham und ich uns verstehen, wenn wir Lucrecia besuchen.

Ich sage zu Abraham: »Jetzt mache ich klickklack.« Abraham geht immer voraus, etwa drei Schritte vor mir. Ohne sich umzudrehen, sagt er:

»Noch nicht, in einer Sekunde.« Und ich sage: »Wenn ich klickklacke, kleuzt lemand aul.« Abraham wendet nicht den Kopf, trotzdem spüre ich ihn leise und töricht lachen wie ein Wasserfaden, der nach dem Trinken am Maul eines Ochsen herunterrinnt. Er sagt: »Es muß gegen fünf sein.« Er läuft ein Weilchen und sagt: »Wenn wir jetzt gehen, lann leiner aufkleuzen.« Aber ich lasse nicht locker: »Jedenfalls klickklacke ich.« Dann wendet er sich um, läuft und sagt: »Also gut, gehen wir.«

Um Lucrecia zu sehen, muß man sich durch fünf Hinterhöfe voller Bäume und Büsche arbeiten. Man muß über das eidechsengrüne Mäuerchen klettern, wo früher der Zwerg mit der Frauenstimme sang. Abraham läuft voran, glänzend wie eine Metallscheibe unter der starken Helligkeit, seine Fersen bedrängt vom Gebell der Hunde. Dann hält er an. In diesem Augenblick stehen wir vor dem Fenster. Wir sagen: »Lucrecia«, dämpfen unsere Stimme, als schlafe Lucrecia. Aber sie ist wach, sie sitzt auf dem Bett, barfuß in einem weiten, weißen, gestärkten Nachthemd, das ihr bis zu den Knöcheln reicht.

Sobald wir sprechen, hebt Lucrecia den Blick, läßt

ihn durchs Zimmer gleiten und heftet ein Auge auf uns, groß und rund wie das einer Rohrdommel. Dann lacht sie und bewegt sich langsam zur Mitte des Zimmers. Sie hält den Mund offen, und ihre Zähne sind klein und schartig. Sie hat einen runden Kopf, ihr Haar ist kurzgeschoren wie Männerhaar. Sobald sie in der Zimmermitte angelangt ist, erlischt ihr Lachen, sie bückt sich, zur Tür blickend, bis ihre Hände die Knöchel erreichen, und langsam hebt sie ihr Hemd, mit berechneter Langsamkeit, die grausam ist und zugleich herausfordernd. Abraham und ich spähen noch immer durchs Fenster, während Lucrecia das Hemd hebt, die Lippen in einer keuchend-ängstlichen Grimasse vorgestreckt, ihr riesiges Rohrdommelauge starr und schillernd. Dann sehen wir den weißen Bauch, der unten tiefblau wird, sobald sie das Gesicht mit dem Nachthemd bedeckt und so verharrt, kerzengerade in der Mitte des Schlafzimmers, die Beine aneinandergepreßt mit einer zitternden Kraftanstrengung, die von ihren Fersen aufsteigt. Plötzlich entblößt sie jäh das Gesicht, deutet mit dem Zeigefinger auf uns, und ihr leuchtendes Auge springt aus der Höhle unter schauerlichem Geheul, das durchs ganze Haus hallt. Dann

geht die Zimmertür auf, und eine Frau stiebt herein und schreit: »Warum fallt ihr nicht euer Mutter auf den Wecker?«
Seit Tagen sind wir nicht mehr zu Lucrecia gegangen. Jetzt gehen wir zum Fluß durch die Pflanzungen. Wenn wir hier rechtzeitig herauskommen, wartet Abraham auf mich. Aber mein Großvater rührt sich nicht. Er sitzt neben Mama, den Bart auf seinen Stock gestützt. Ich blicke ihn dauernd an, mustere seine Augen hinter den Gläsern, und wahrscheinlich merkt er es, denn plötzlich seufzt er vernehmlich, schüttelt sich und sagt zu meiner Mutter mit erloschener, trauriger Stimme: »*Der Hund* hätte sie herbeigeprügelt.«
Dann erhebt er sich vom Stuhl und geht auf den Toten zu.

Zum zweiten Mal komme ich in dieses Zimmer. Beim ersten Mal vor zehn Jahren war alles genauso wie heute. Es ist, als habe er seitdem nichts berührt oder sich nicht mehr um sein Leben gekümmert seit dem fernen Morgengrauen, da er mit Meme hier einzog. Die Papiere lagen an derselben Stelle. Der Tisch, die spärliche gewöhnliche Wäsche, alles lag am selben Platz wie heute. Wie wenn es gestern gewesen wäre, als *Der Hund* und ich Frieden stifteten zwischen diesem Mann und den Behörden.

Um jene Zeit hatte die Bananengesellschaft uns endlich ausgesaugt und Macondo mit dem Abfall des Abfalls verlassen, den sie mitgebracht hatte. Mit ihr war der Laubsturm verschwunden, die letzten Spuren dessen, was das blühende Macondo von 1915 gewesen war. Übriggeblieben war ein ruiniertes Dorf mit armseligen muffigen Kaufläden, bewohnt von arbeitslosen, vergällten Leuten, die sich von Erinnerungen an eine wohlhabende Vergangenheit quälen ließen und von der Bitterkeit einer niederdrückenden, stillstehenden Gegenwart. Nichts verhieß die Zukunft als einen düsteren, bedrohlichen Wahlsonntag.

Sechs Monate zuvor hatte frühmorgens eine Schmähschrift an der Tür dieses Hauses gehangen. Niemand achtete darauf, und sie hing lange Zeit hindurch, bis der letzte Rieselregen die dunklen Schriftzeichen fortwusch, dann verschwand auch das Papier, fortgerissen von den letzten Februarwinden. Gegen Ende 1918 indes, als die bevorstehenden Wahlen die Regierung an die Notwendigkeit erinnerten, ihre Wähler in Spannung und Gereiztheit zu halten, machte jemand die Behörden auf diesen einsamen Arzt aufmerksam, der von seiner Existenz seit langem ein gültiges Zeugnis hätte ablegen können. Er teilte ihnen wahrscheinlich mit, daß das mit ihm zusammenlebende Indio-Mädchen in den ersten Jahren eine Butike geführt hatte, die an dem gleichen Wohlstand teilhatte, der zu jener Zeit die bescheidensten Unternehmungen Macondos begünstigte. Eines Tages (niemand erinnert sich an das Datum, ganz zu schweigen vom Jahr), tat sich die Ladentür nicht mehr auf. Man vermutete, daß Meme und der Doktor dort eingeschlossen weiter wohnten und sich von dem Gemüse ernährten, das sie im Innenhof anpflanzten. Doch in der Schmähschrift, die an jener Straßenecke gehangen hatte, hieß es, der Arzt habe seine Konkubine ermordet und im Gemüsegarten verscharrt aus Angst, das Dorf könne sich ihrer bedienen, um ihn zu vergiften. Unerklärlich daran ist diese Behauptung in einer Zeit, da niemand Gründe hatte, den Tod des Doktors auszuhecken. Ich glaube eher, die Behörden hatten seine Existenz vergessen bis zu jenem Jahr, in dem die Regierung Polizei und Schutztruppen mit eigenen Vertrauensleuten verstärkte. Dann wurde die vergessene Legende der Schmähschrift ausgegraben, und die Behörden brachen diese Türen auf, durchsuchten das Haus, gruben den Innenhof um und durchstöberten den Abort, um Memes Leiche zu finden. Doch sie fanden keine einzige Spur.

Bei dieser Gelegenheit hätten sie wohl den Doktor mitgeschleppt, hätten ihn verprügelt, und sicherlich hätte er auf dem öffentlichen Platz im Namen öffentlicher Pflichterfüllung als weiteres Opfer herhalten müssen. Doch da griff *Der Hund* ein, kam in mein Haus und forderte mich auf, den Doktor zu besuchen, sicher, daß ich von ihm eine zufriedenstellende Antwort erhalten würde.

Als wir durch die Hintertür eintraten, überraschten wir die in der Hängematte verbliebenen Trümmer eines Menschen. Es gibt wohl nichts Schlimmeres auf der Welt als die Trümmer eines Menschen. Noch schlimmer waren die des Bürgers aus Nirgendwo, der sich in der Hängematte aufrichtete, als er uns eintreten sah; selbst er schien von der Staubkruste überzogen, die alle Gegenstände des Zimmers bedeckte. Sein Kopf war wächsern, und noch immer wohnte in seinen harten gelblichen Augen die innere Kraft, die ich in meinem Haus an ihm gekannt hatte. Hätten wir ihn mit dem Fingernagel angeritzt, er wäre – so schien es mir – zerkrümelt und in einen Haufen menschlichen Sägemehls zerfallen. Er hatte sich den Schnurrbart gestutzt, doch nicht glattrasiert. Er hatte sich den Bart mit einer Schere beschnitten, so daß sein Kinn nicht von kräftigen Stoppeln überzogen schien, sondern von weißem weichen Flaum. Als ich ihn so in der Hängematte liegen sah, dachte ich: *Jetzt sieht er nicht mehr aus wie ein Mensch. Jetzt sieht er aus wie ein Leichnam, dessen Augen noch nicht gestorben sind.*

Als er sprach, war seine Stimme die gleiche sparsame Wiederkäuerstimme, die er in unser Haus mitgebracht hatte. Er sagte, er habe nichts zu sagen. Sagte, als glaube er, wir wüßten nicht, daß die Polizei die Türen aufgebrochen und ohne seine Zustimmung den Innenhof umgegraben hatte. Doch es war keine Beschwerde. Es war nur eine klagende, schwermütige Vertraulichkeit.

Was Meme betraf, so gab er eine Erklärung ab, die kindlich hätte klingen können, doch er brachte sie in dem Tonfall vor, in dem er die Wahrheit hätte vorbringen können. Er sagte, Meme sei fort, und das war alles. Nachdem sie ihren Laden geschlossen hatte, begann sie sich im Haus zu langweilen. Sie sprach mit niemandem, unterhielt keinerlei Verbindung mit der Außenwelt. Er sagte, eines Tages habe er sie ihren Koffer packen sehen, ohne ihm ein Wort zu sagen. Sagte, sie hätte immer noch nicht gesprochen, als er sie im Straßenkleid und hohen Hacken sah, den Koffer in der Hand, in der Tür stehend, wortlos, wie um ihm mit ihrer Aufmachung zu zeigen, daß sie fortgehe. »Dann stand ich auf«, sagte er, »und gab ihr das Geld, das in der Schublade übriggeblieben war.«

Und ich sagte: »Wie lange ist das her, Doktor?«

Und er sagte: »Rechnen Sie es an meinem Haar nach. Sie war es, die es mir schnitt.«

Der Hund sprach sehr wenig bei diesem Besuch. Gleich vom Betreten des Hauses an schien er beeindruckt von dem Anblick des einzigen Menschen, den er während seines fünfzehnjährigen Aufenthalts in Macondo nie kennengelernt hatte. Diesmal (und besser denn je, vielleicht weil der Doktor sich den Schnurrbart gestutzt hatte) wurde mir die ungewöhnliche Ähnlichkeit der beiden Männer deutlich. Sie waren sich nicht gleich, wirkten aber wie Brüder. Der eine war um mehrere Jahre älter, aber schlanker, hagerer. Indes

bestand zwischen ihnen die Übereinstimmung von Zügen, die bei Brüdern vorkommt, selbst wenn der eine dem Vater gleicht und der andere der Mutter. Nun erinnerte ich mich an die letzte Nacht auf der Veranda. Ich sagte:
»Dies ist *Der Hund*, Doktor. Sie haben mir einmal versprochen, ihn zu besuchen.«
Er lächelte. Blickte den Priester an und sagte: »Stimmt, Oberst. Ich weiß nicht, warum ich es nicht getan habe.« Und blickte ihn weiter an, prüfend, bis *Der Hund* sprach.
»Es ist nie zu spät für den, der wohl beginnt«, sagte er. »Ich würde gerne Ihr Freund werden.«
Sofort fiel mir auf, daß *Der Hund* vor dem Fremden seine übliche Kraft verloren hatte. Er sprach furchtsam, ohne die unbeugsame Sicherheit, mit der seine Stimme auf der Kanzel donnerte, wenn er in jenseitig-bedrohlichem Ton die atmosphärischen Weissagungen des Bristol-Almanachs verlas.
Es war das erste Mal, daß sie sich sahen. Und auch das letzte Mal. Übrigens dauerte das Leben des Doktors bis zum heutigen Morgengrauen, weil *Der Hund* noch einmal zu seinen Gunsten in jener Nacht eingriff, als man ihn anflehte, er möge die

Verwundeten versorgen, und man ihm jenes fürchterliche Urteil entgegenschrie, dessen Vollstreckung ich jetzt zu verhindern suchen werde. Wir schickten uns an, das Haus zu verlassen, als ich mich an etwas erinnerte, was ich ihn seit Jahren hatte fragen wollen. Ich sagte zu dem *Hund*, ich wolle beim Doktor bleiben, während er sich für ihn bei den Behörden verwendete. Als wir allein waren, sagte ich:

»Sagen Sie mir eines, Doktor: Was ist aus dem Geschöpf geworden?«

Er wechselte nicht den Gesichtsausdruck: »Was für ein Geschöpf, Oberst?« Ich sagte: »Das von Ihnen beiden. Meme war schwanger, als sie mein Haus verließ.« Und er, ruhig, unerschütterlich: »Sie haben recht, Oberst. Sogar das hatte ich vergessen.«

Mein Vater ist stumm geblieben. Dann hat er gesagt: »*Der Hund* hätte sie herbeigeprügelt.« Meines Vaters Augen verraten beherrschte Nervosität. Und während wir wohl bereits eine halbe Stunde warten (es muß bald drei sein), macht mir die Ratlosigkeit des Kindes Sorgen, sein abwesender Gesichtsausdruck, der nichts zu fragen scheint, seine verlorene, kalte Gleichgültigkeit, die ihn seinem Vater ähnlich macht. Mein Sohn wird sich in dieser glühenden Mittwochluft auflösen, wie es Martín vor neun Jahren getan hat, während er die Hand im Fenster des Zuges bewegte und für immer verschwand. Mein ganzes Opfer für diesen Sohn wird vergebens sein, wenn er weiter seinem Vater gleichen wird. Vergebens werde ich Gott bitten, daß er einen Menschen aus Fleisch und Blut aus ihm macht, der Gehalt hat, Gewicht und Farbe wie die Menschen. Vergebens jedoch ist all das, solange er den Keim seines Vaters im Blut trägt.

Vor fünf Jahren hatte das Kind noch nichts von Martín. Jetzt nimmt er alles von ihm an, seit Genoveva García mit ihren sechs Kindern, darunter zwei Paar Zwillingen, nach Macondo zurückkehrte. Genoveva war fett und gealtert. Blaue Adern zogen sich um ihre Augen, die ihrem früher so sauberen, festen Gesicht einen schmierigen Anstrich verliehen. Sie verströmte lärmendes, schlampiges Glück inmitten ihres Kückenschwarms von weißen Schühchen und Organzarüschen. Ich wußte, daß Genoveva mit dem Direktor eines Puppentheaters durchgebrannt war, und empfand einen unbestimmbaren, seltsamen Widerwillen, wenn ich ihre schmutzigen Kinder sah, die automatische, von einem zentralen Mechanismus gesteuerte Bewegungen zu machen schienen, sechs kleine, beunruhigend gleiche Rangen mit gleichen Schuhen und gleichen Rüschen an den Kleidern. Schmerzlich und trostlos mutete mich Genovevas schlampiges Glück an, ihre mit städtischem Flitterkram befrachtete Gegenwart in einem vom Staub vernichteten, ruinierten Dorf. Etwas Bitteres, etwas untröstlich Lächerliches lag in ihrer Art, sich zu bewegen, glücklich auszusehen und uns wegen unserer Lebensweise zu bedauern, die ihr zufolge so verschieden ist von der, die sie in der Gesellschaft von Puppenspielern kennengelernt hatte.

Wenn ich sie so sah, erinnerte ich mich an andere Zeiten. Ich sagte: »Du bist arg fett geworden, Weib.« Nun wurde sie traurig, sagte: »Erinnerungen machen wohl fett.« Und sie blickte aufmerksam auf das Kind. Sagte: »Und was ist aus dem Hexer mit seinen vier Knöpfen geworden?« Ich antwortete trocken, weil ich wußte, daß sie es wußte: »Er ist fort.« Und Genoveva sagte: »Und hat er dir nicht mehr dagelassen als den da?« Ich sagte nein, er habe mir nur den Jungen gelassen. Genoveva lachte, es war ein loses, vulgäres Lachen: »Man muß ziemlich schlapp sein, um in fünf Jahren nur ein Kind zu machen«, sagte sie und fuhr fort, rastlos zwischen ihrer tollenden Hühnerschar kakelnd: »Dabei war ich wild auf ihn. Ich schwöre dir, ich hätte ihn dir ausgespannt, hätten wir ihn nicht bei der Totenwache für ein Kind kennengelernt. Damals war ich sehr abergläubisch.«

Vor dem Abschiednehmen betrachtete Genoveva lange das Kind und sagte: »Wahrhaftig, er ist ganz er. Ihm fehlt nur die Jacke mit den vier Knöpfen.«

Von diesem Augenblick an schien mir der Junge seinem Vater zu gleichen, als habe Genoveva ihm das Verhängnis seiner Identität vermittelt. Manchmal ertappe ich ihn dabei, wie er die Ellbogen auf den Tisch stützt, den Kopf über die linke Schulter neigt und den verhangenen Blick ins Nirgendwo richtet. Er ist genau wie Martín, wenn er sich an die Nelkentöpfe des Geländers lehnte und sagte: »Selbst wenn es nicht deinetwegen wäre, würde ich gerne mein ganzes Leben in Macondo wohnen bleiben.« Mitunter habe ich den Eindruck, daß er das sagen wird, wie er es jetzt sagen könnte, da er wortlos neben mir sitzt und sich die hitzegeschwollene Nase reibt. »Tut sie dir weh?« frage ich. Und er sagt nein, er denke nur daran, daß er keine Brille aufhaben könne. »Du brauchst dir deswegen keine Sorgen zu machen«, sage ich und löse ihm die Halsschleife. Sage: »Wenn wir nach Hause kommen, legst du dich hin, und ich lasse dir ein Bad einlaufen.« Dann blicke ich zu meinem Vater hinüber, der soeben gesagt hat: »Cataure.« So ruft er den ältesten der Guajiros, einen stämmigen, untersetzten Indio, der auf dem Bett geraucht hat; beim Hören seines Namens hebt der den Kopf und sucht das Gesicht meines Vaters mit seinen kleinen dunklen Augen. Doch als mein Vater von neuem spricht, sind im Hinterzimmerchen die Schritte des Bürgermeisters zu hören, der schwankend eintritt.

11.

Dieser Mittag ist schlimm gewesen in unserem Haus. Obgleich die Nachricht seines Todes keine Überraschung war, weil ich sie seit langem erwartet hatte, konnte ich nicht ahnen, daß er eine derartige Verwirrung anrichten würde. Jemand mußte mich zu dieser Beerdigung begleiten, und ich dachte, meine Frau würde diese Begleiterin sein, zumal nach meiner Krankheit vor drei Jahren und dem Abend, an dem sie den kleinen Stock mit Silberknauf gefunden hatte und die Aufziehtänzerin, als sie die Schubladen meines Schreibtischs durchsuchte. Ich glaube, zu der Zeit hatten wir das Spielzeug ganz vergessen. Aber an jenem Abend zogen wir die Tänzerin wieder auf, und sie tanzte wie zu anderen Zeiten, angefeuert von der Musik, die früher so festlich und nach dem langen Verstummen in der Schublade so schweigsam klang und so wehmütig. Adelaida sah sie tanzen und erinnerte sich daran. Dann wandte sie sich zu mir um, den Blick feucht von schlichter Trauer:
»An wen erinnert sie dich?« sagte ihr Blick.
Ich wußte, an wen Adelaida dachte, während das Spielzeug den Raum mit seiner abgeleierten kleinen Melodie traurig erfüllte.

»Was wird aus ihm geworden sein?« fragte meine Frau nachdenklich, aufgerührt vielleicht vom Hauch jener Zeiten, in denen er gegen sechs Uhr abends in der Zimmertür erschien und die Lampe unter dem Türrahmen aufhängte.
»Er ist an der Ecke«, sagte ich. »Eines Tages wird er sterben, und wir werden ihn begraben müssen.«
Adelaida, versunken in den Tanz des Spielzeugs, bewahrte Stillschweigen, und ich fühlte mich von ihrer Wehmut angesteckt. Ich sagte: »Ich habe immer wissen wollen, mit wem du ihn am Tag seiner Ankunft verwechselt hast. Du hast doch den Tisch so schön gedeckt, weil er dich an irgendwen zu erinnern schien.«
Und Adelaida sagte mit grauem Lächeln:
»Du würdest über mich lachen, wenn ich dir sagte, wem er in meinen Augen glich, als er dort in der Ecke stand, die Tänzerin in der Hand.« Und sie deutete auf die Leere, wo sie ihn vor vierundzwanzig Jahren gesehen hatte, in seinen Schaftstiefeln und dem uniformartigen Anzug.
Ich glaubte, an jenem Nachmittag hätten sie sich in der Erinnerung versöhnt, so daß ich meiner Frau heute sagte, sie solle Schwarz anlegen und mich begleiten. Das Spielzeug freilich lag wieder in sei-

ner Schublade. Die Musik hat ihre Wirkung eingebüßt. Adelaida verfällt sichtlich. Sie ist betrübt, niedergeschlagen und verbringt Stunden betend in ihrem Zimmer. »Nur dir kann es einfallen, diese Beerdigung zu veranstalten«, sagte sie. »Nach all dem Ungluck, das uns widerfahren ist, fehlte uns nur noch dieses verfluchte Schaltjahr. Und dann die Sintflut.« Ich suchte sie zu überzeugen, daß ich mein Ehrenwort für dieses Unternehmen gegeben hatte.

»Wir können nicht leugnen, daß ich ihm das Leben verdanke«, sagte ich.

Und sie sagte:

»Er verdankt uns doch seins. Als er dir das Leben rettete, trug er nur seine Schuld ab für acht Jahre Bett, Kost und frische Wäsche.«

Dann zog sie einen Stuhl ans Geländer. Sie wird noch immer dort sitzen, die Augen verhangen von Kummer und Aberglauben. Ihre Haltung wirkte so entschieden, daß ich sie zu beruhigen suchte. »Schön, in diesem Fall gehe ich mit Isabel«, sagte ich. Sie erwiderte nichts. Blieb sitzen, unantastbar, bis wir uns zum Gehen wandten, und ich sagte in der Hoffnung, ihr einen Gefallen zu tun: »Geh doch in die Hauskapelle, solange wir weg

sind, und bete für uns.« Nun wandte sie den Kopf zur Tür und sagte: »Ich werde nicht einmal beten. Meine Gebete sind nutzlos, solange diese Frau jeden Dienstag herkommt und ein Zweiglein Melisse erbettelt.« In ihrer Stimme klang dunkle, verstörte Aufruhr:
»Ich werde hier bleiben, kraftlos, bis zum Jüngsten Tag. Sofern dic Tcrmiten bis dahin nicht den Stuhl unter mir weggefressen haben.«

Mein Vater hält mit gestrecktem Hals inne und lauscht den bekannten Tritten, die im Nebenzimmer näher kommen. Dann vergißt er, was er Cataure sagen wollte, und versucht, auf seinen Stock gestützt, kehrtzumachen, doch sein lahmes Bein versagt ihm den Dienst, und er droht vornüberzufallen wie vor drei Jahren, als er in die Limonadenlache fiel, mitten im Getöse des rollenden Krugs, der Holzschuhe, des Schaukelstuhls und des heulenden Knaben, des einzigen Menschen, der ihn stürzen sah.
Seitdem humpelt er, seitdem zieht er das Bein nach, steif geblieben nach jener nicht endenwollenden Nacht bitteren Duldens. Als ich sehe, wie er mit Hilfe des Bürgermeisters das Gleichgewicht

wiedergewinnt, kommt mir der Gedanke, daß das beschädigte Bein das Geheimnis seiner Verpflichtung sein mag, die er gegen den Willen des Dorfs zu erfüllen beschlossen hat.

Vielleicht rührt seine Dankbarkeit von damals her, von damals, als er in der Veranda aufs Gesicht fiel, und er nachher sagte, ihm sei gewesen, als habe man ihn von einem Turm gestürzt, und die letzten in Macondo verbliebenen Ärzte ihm rieten, sich auf einen guten Tod vorzubereiten. Ich erinnere mich an ihn, wie er am fünften Tag abgemagert und kraftlos in seinen Laken lag, ich erinnere mich an seinen ausgezehrten Leib wie an den Leib vom *Hund*, der im Jahr zuvor von allen Bewohnern Macondos in einer dichtgedrängten, tiefbewegten blumenbekränzten Prozession zum Friedhof geleitet worden war. Der zeigte in seinem Sarg hinter seiner Stattlichkeit die gleiche unwiderrufliche trostlose Verlassenheit, die ich im Gesicht meines Vaters sah in jenen Tagen, als er die Bettnische mit seiner Stimme füllte und von jenem sonderbaren Militär sprach, der im Krieg von 85 eines Nachts im Lager des Oberst Aureliano Buendía erschien, Hut und Stiefel mit Tigerfell, -zähnen und -krallen verziert, und man ihn fragte: »Wer sind Sie?« Und der sonderbare Militär antwortete nicht, und man fragte: »Woher komen Sie?« Und noch immer antwortete er nicht; und man fragte: »Auf welcher Seite kämpfen Sie?« Auch darauf erhielten sie von dem unbekannten Militär keine Antwort, bis die Ordonnanz eine Fackel packte, sie ihm vors Gesicht hielt, ihn einen Augenblick musterte und erbost ausrief: »Scheiße! Das ist ja der Herzog von Malborough!«

In ihrer beklemmenden Ratlosigkeit verordneten die Ärzte ein Bad. Das bekam er. Doch am darauffolgenden Tag war eine kaum merkliche Veränderung am Bauch meines Vaters festzustellen. Nun verließen die Ärzte das Haus und meinten, das ratsamste sei, ihn auf einen gnädigen Tod vorzubereiten.

Die Bettnische versank in der schweigenden Atmosphäre, in der nichts zu hören war als der langsame, geruhsame Flügelschlag des Todes, dieser verborgene Flügelschlag, der in den Bettnischen Sterbender nach Mensch riecht. Nachdem Pater Ángel ihm die Letzte Ölung gespendet hatte, vergingen viele Stunden, ohne daß sich einer der Anwesenden, die das kantige Profil des Hoffnungslosen betrachteten, geregt hätte. Dann schlug die

Uhr, und meine Stiefmutter schickte sich an, ihm seinen Löffel Medizin zu geben. Wir hoben seinen Kopf, um seine Kiefer auseinanderzudrücken, damit meine Stiefmutter den Löffel einführen konnte. Jetzt waren die gemessenen, festen Schritte auf der Veranda zu hören. Meine Stiefmutter hielt mit dem Löffel inne, brach ihr gemurmeltes Gebet ab und, von jäher Bläße gelähmt, wandte sie den Blick zur Tür. »Noch im Fegefeuer würde ich diese Schritte erkennen«, stieß sie in dem Augenblick hervor, als wir zur Tür blickten und den Doktor sahen. Dort stand er auf der Schwelle und blickte uns an.

Ich sage zu meiner Tochter: »*Der Hund* hätte sie uns herbeigeprügelt«, und ich gehe zum Sarg und denke: *Seit der Doktor unser Haus verlassen hatte, war ich überzeugt, daß unsere Handlungen von einem höheren Willen gelenkt würden, gegen den wir nicht hätten aufbegehren können, selbst wenn wir es mit all unserer Kraft versucht oder Adelaidas fruchtlose Haltung geteilt hätten, die sich zum Beten einschloß.*
Und während ich die Entfernung durchmesse, die mich vom Sarg trennt, und meine gleichgültigen

Männer sehe, die auf dem Bett sitzen, ist mir, als atme ich mit dem ersten Mund voll Luft, die über dem Toten siedet, all den bitteren Stoff des Verhängnisses ein, das Macondo zerstört hat. Ich glaube, der Bürgermeister wird mit der Bestattungsgenehmigung nicht mehr säumen. Ich weiß, daß draußen in den hitzegepeinigten Gassen die Leute warten. Ich weiß, daß die Frauen, begierig auf das Schauspiel, in ihren Fenstern hängen und ausharren, ohne daran zu denken, daß auf ihren Herden die Milch überkocht und der Reis anbrennt. Ich glaube aber auch, daß diese letzte Demonstration von Auflehnung über die Kräfte dieser ausgebeuteten, ausgelaugten Schar von Menschen geht. Ihre Fähigkeit zu kämpfen war schon vor jenem Wahlsonntag gebrochen, als sie sich in Bewegung setzten, ihre Pläne schmiedeten, geschlagen wurden und hinterher die Überzeugung gewannen, daß sie es selber waren, die ihre eigenen Taten bestimmten. Doch all das schien verfügt und verordnet, um die Gegebenheiten in Gang zu bringen, die uns Schritt für Schritt zu diesem verhängnisvollen Mittwoch führen würden.

Vor zehn Jahren, als der Zusammenbruch kam, hätte die gemeinsame Anstrengung jener, die nach

Wiederherstellung strebten, für den Wiederaufbau gereicht. Man hätte nur auf die von der Bananengesellschaft verwüsteten Felder auszuziehen, sie von Unkraut zu säubern und einen neuen Anfang zu setzen brauchen. Indessen hatten sie den Laubsturm gelehrt, ungeduldig zu sein und weder an die Vergangenheit noch an die Zukunft zu glauben. Sie hatten ihn gelehrt, an den Augenblick zu glauben und darin den Heißhunger zu stillen. Wir brauchten nur kurze Zeit, um uns bewußt zu werden, daß der Laubsturm abgezogen und daß der Wiederaufbau ohne ihn unmöglich war. Alles hatte der Laubsturm mitgebracht, alles hatte er mitgenommen. Übrig blieb nach ihm nur ein Sonntag in den Trümmern eines Dorfs und in Macondos letzter Nacht der ewige Wahlwühler, welcher der Polizei und der Schutztruppe auf dem öffentlichen Platz vier Korbflaschen Branntwein stiftete.

Wäre es dem *Hund* in jener Nacht gelungen, die Leute zurückzuhalten, obwohl der Aufruhr noch flackerte, er hätte, bewaffnet wie ein Hundevogt, heute von Haus zu Haus ziehen und sie zwingen können, diesen Mann zu beerdigen. *Der Hund* hatte sie mit eiserner Zuchtrute in Schach gehalten. Sogar noch nach dem Tod des Priesters vor vier Jahren – ein Jahr vor meiner Krankheit – bewährte sich diese Zuchtrute dadurch, daß alle Einwohner leidenschaftlich Blumen und Sträucher aus ihren Gärten rupften und sie als letzte Ehrung zur Grabstätte des *Hundes* schleppten.

Dieser Mann war der einzige, der nicht seiner Beerdigung beiwohnte. Der einzige, der sein Leben der unverbrüchlichen, widersprüchlichen Priesterhörigkeit des Dorfs verdankte. Denn in der Nacht, als die vier Korbflaschen Branntwein auf den Platz wanderten und Macondo ein von einer Horde bewaffneter Barbaren überfallenes Dorf war, ein zu Tode geängstigtes Dorf, das seine Toten im Massengrab verscharrte, mußte sich wohl jemand daran erinnert haben, daß an dieser Ecke ein Arzt wohnte. Nun nämlich stellten sie die Tragbahren vor seine Tür und schrien (weil er nicht öffnete und nur von drinnen heraussprach), schrien ihm zu: »Doktor, versorgen Sie diese Verwundeten, die anderen Ärzte reichen nicht aus«, und er rief zurück: »Bringt sie anderswohin, ich verstehe nichts davon«; und sie riefen: »Sie sind der einzige Arzt, der uns geblieben ist. Sie müssen ein Werk der Nächstenliebe tun«, und er antwortete (noch immer machte er nicht auf), und die Menge sah ihn im Geist mitten im Wohnzimmer stehen unter der Lampe, die seine harten gelblichen Augen beleuchtete: »Ich habe alles vergessen, was ich einmal davon wußte. Schafft sie anderswohin«, und er blieb hinter seiner verschlossenen Tür (denn die Tür hat sich nie wieder geöffnet), während Macondos Männer und Frauen draußen mit dem Tode rangen. Die Menge wäre in jener Nacht zu allem fähig gewesen. Schon schickte sie sich an, das Haus in Brand zu stecken und dessen einzigen Bewohner in Asche zu verwandeln. Doch nun erschien *Der Hund*. Es heißt, es war, als sei er einfach zur Stelle gewesen, unsichtbar, als Wachtposten, um die Zerstörung des Hauses und des Mannes zu verhindern. »Daß mir keiner Hand an die Tür legt«, soll *Der Hund* gesagt haben. Dabei soll er, zum Kreuz geöffnet, dagestanden haben, sein ausdruckloses, kaltes Kuhschädelgesicht erhellt vom Widerschein der bäuerlichen Wut. Und die Raserei brach ab, wechselte die Richtung, hatte aber noch Kraft genug, das Urteil herauszuschreien, das durch alle Jahrhunderte die Heraufkunft dieses Mittwochs gewährleisten würde.

Während ich auf das Bett zugehe, um meinen Männern aufzutragen, die Tür zu öffnen, denke ich: *Er muß jeden Augenblick kommen.* Und ich denke: Wenn er in fünf Minuten nicht da ist, pakken wir den Sarg ohne Genehmigung und stellen den Toten auf die Straße. So wird er ihn eben vor dem Haus begraben müssen. »Cataure«, sage ich zu dem ältesten meiner Männer, und kaum hat er den Kopf gehoben, da höre ich die Schritte des Bürgermeisters durchs Nebenzimmer kommen.
Ich weiß, daß er unmittelbar auf mich zukommt; auf meinen Stock gestützt, versuche ich rasch kehrtzumachen, doch das kranke Bein versagt seinen Dienst, und ich schwanke vorwärts, bin sicher, zu stürzen und mir das Gesicht an der Sargkante aufzuschlagen. Doch in diesem Augenblick stoße ich gegen seinen Arm, kralle mich an ihm fest und höre seine friedlich-sture Stimme: »Keine Sorge, Oberst. Ich versichere Ihnen, es wird nichts geschehen.« Und ich glaube, daß es so ist, aber ich weiß, daß er es nur sagt, um sich selber Mut zu machen. »Ich glaube nicht, daß etwas passieren kann«, sage ich und denke das Gegenteil, und er sagt etwas von den Baumwollbäumen des Friedhofs und überreicht mir die Bestattungsge-

nehmigung. Ohne sie zu lesen, falte ich sie zusammen, verwahre sie in der Westentasche und sage: »Jedenfalls – was geschieht, mußte geschehen. Es ist, als hätte es der Almanach vorausgesagt.«

Der Bürgermeister wendet sich an die Guajiros. Er weist sie an, den Sarg zuzunageln und die Tür zu öffnen. Ich sehe, wie sie in Bewegung geraten und Hammer und Nägel holen, die für immer den Anblick dieses Mannes auslöschen werden, dieses wehrlosen Herrn von Nirgendwo, den ich zum letzten Mal vor drei Jahren an meinem Rekonvaleszentenlager sah, Kopf und Gesicht zerfurcht vom vorzeitigen Verfall. Damals hatte er mich soeben vom Tode freigekauft. Mit der gleichen Kraft, die ihn zu mir geführt, die ihm die Nachricht von meiner Krankheit übermittelt hatte, schien er sich an meinem Rekonvaleszentenbett aufrechtzuhalten und zu sagen:

»Sie brauchen das Bein nur etwas zu trainieren. Möglicherweise werden Sie fortan einen Stock brauchen.«

Zwei Tage später würde ich ihn fragen, was ich ihm schuldete, und er würde antworten: »Sie schulden mir nichts, Oberst. Aber wenn Sie mir einen Gefallen tun wollen, streuen Sie eine Handvoll Erde auf mich, wenn ich eines Tages reglos erwache. Mehr brauche ich nicht, damit die Aasgeier mich nicht auffressen.«

An dem Versprechen, das er mir abnahm, an der Art, wie er es vorschlug, am Fall seiner Schritte auf den Fliesen des Zimmers war zu merken, daß dieser Mann vor langer Zeit zu sterben begonnen hatte, wenngleich noch drei Jahre vergehen sollten, bevor dieser aufgeschobene, mangelhafte Tod sich vollziehen würde. Dieser Tag war heute. Und ich glaube sogar, daß er die Schlinge nicht nötig gehabt hätte. Ein leichter Windhauch hätte genügt, um die letzte Lebensglut zu löschen, die in seinen harten gelblichen Augen verblieben war. Ich hatte all das geahnt seit der Nacht, in der ich mit ihm im Zimmer sprach, bevor er sich mit Meme zusammentat. Daher war ich nicht bestürzt, als er mir das Versprechen abnahm, das ich jetzt erfüllen werde. Ich sagte einfach:

»Das ist eine unnötige Bitte, Doktor. Sie kennen mich und sollten wissen, daß ich Sie über den Kopf der ganzen Welt hinweg beerdigen würde, auch wenn ich Ihnen nicht das Leben verdankte.«

Zum ersten Mal lächelten seine harten gelblichen Augen besänftigt:

»All das ist gut und schön, Oberst. Aber vergessen Sie nicht, ein Toter hätte mich nicht beerdigen können.«

Nun wird niemand diese Schande wiedergutmachen können. Der Bürgermeister hat meinem Vater die Bestattungsgenehmigung ausgehändigt, und mein Vater hat gesagt: »Jedenfalls, was geschieht, mußte geschehen. Es ist, als hätte es der Almanach vorausgesagt.« Er sagte das mit der gleichen Lässigkeit, mit der er sich dem Schicksal Macondos auslieferte, den Truhen treu, in denen die Kleider aller vor meiner Geburt Gestorbenen aufbewahrt werden. Seither ist es stets abwärts gegangen. Selbst die Willenskraft meiner Stiefmutter, ihr eiserner, herrschsüchtiger Charakter haben sich in bittere Beklommenheit verkehrt. Sie erscheint mir immer ferner, wortkarger, und ihre Enttäuschung ist so groß, daß sie sich heute nachmittag ans Geländer setzte und sagte: »Ich werde hierbleiben, kraftlos, bis zum Jüngsten Tag.« Mein Vater hat bei nichts mehr seinen Willen durchzusetzen vermocht. Erst heute hat er sich aufgerafft, um dieses schändliche Versprechen einzulösen. Er ist sicher, daß alles ohne schwerwiegende Folgen ablaufen wird, während er den Guajiros zuschaut, die sich in Bewegung setzen, um die Tür zu öffnen und den Sarg zuzunageln. Ich sehe sie näher kommen, stehe auf, nehme den Kleinen bei der Hand und schiebe den Stuhl ans Fenster, um nicht vom Dorf gesehen zu werden, wenn sie die Tür öffnen.

Der Kleine ist ratlos. Als ich mich erhob, blickte er mir mit einem unbeschreiblichen, leicht verstörten Ausdruck ins Gesicht. Doch nun steht er ratlos neben mir und schaut den Guajiros zu, die beim Zurückschieben des Riegels in Schweiß geraten. Und mit dem durchdringenden anhaltenden Stöhnen verrosteten Eisens geht die Tür auf. Nun sehe ich wieder die Straße, den leuchtenden Staub, weiß und glühend, der die Häuser bedeckt und dem Dorf den beklagenswerten Anblick eines ruinierten Möbelstücks verleiht. Es ist, als hätte Gott Macondo für nutzlos erklärt und es in die Ecke geworfen, wo die Dörfer liegen, die der Schöpfung keinen Dienst mehr leisten.

Der Kleine, den die plötzliche Helligkeit im ersten Augenblick blenden mußte (seine Hand zitterte in der meinen, als die Tür aufging), hebt plötzlich den Kopf, gesammelt, aufmerksam und fragt:

»Hörst du?« Erst jetzt wird mir klar, daß in einem benachbarten Innenhof eine Rohrdommel die Stunde ansagt: »Ja«, sage ich fast im selben Augenblick, als der erste Hammerschlag den Nagel trifft, »es muß schon drei sein.«
Bemüht, nicht den herzzerreißenden Ton zu hören, der mir eine Gänsehaut verursacht, entschlossen, vor dem Kleinen meine Verwirrung zu verbergen, wende ich das Gesicht zum Fenster und sehe im nächsten Häuserblock die schwermütigen, staubigen Mandelbäume mit unserem Haus im Hintergrund. Erschüttert vom unsichtbaren Hauch der Zerstörung steht auch es am Vorabend eines stillschweigenden, endgültigen Zusammenbruchs. Ganz Macondo befindet sich in dieser Verfassung, seit die Bananengesellschaft es ausgesaugt hat. Efeu ist in die Häuser gedrungen, die Heide wächst in den Gassen, die Mauern zerfallen, und am hellichten Tag findet man eine Eidechse im Schlafzimmer. Alles scheint zerstört, seit wir nicht mehr den Rosmarin und die Narde pflegen, seit eine unsichtbare Hand das Weihnachtsporzellan im Geschirrschrank zerbrach und Motten in der Wäsche mästete, die kein Mensch je mehr trug. Wo eine Tür sich lockert, findet sich

keine Hand mehr, die sie repariert. Mein Vater besitzt keine Energie mehr, sich zu bewegen, wie er es vor dem Sturz, der ihn für immer lahmen ließ, getan hat. Señora Rebeca hinter ihrem ewigen Ventilator tut nichts, um ihren Heißhunger nach Böswilligkeit zu hemmen, den die unfruchtbare, quälende Witwenschaft in ihr auslöst. Águeda ist verkrüppelt, gebeugt von geduldig ertragener religiöser Krankheit, und Pater Ángel scheint keine andere Befriedigung zu haben als seine durch Fleischklößchen hervorgerufene ständige Verdauungsstörung in der täglichen Mittagsruhe auszukosten. Unverändert ist allein das Lied der Zwillinge des heiligen Hieronymus und jene geheimnisvolle Bettlerin, die nicht zu altern scheint und seit zwanzig Jahren jeden Dienstag wegen eines Melissenzweigleins ins Haus kommt. Nur der Pfiff eines gelben, staubigen Zuges, der niemanden befördert, durchbricht viermal am Tag die Stille. Und nachts das Tummtumm des Kraftwerks, das die Bananengesellschaft bei ihrer Abreise aus Macondo zurückgelassen hat.

Ich sehe das Haus durchs Fenster und denke, daß meine Stiefmutter dort regungslos in ihrem Stuhl sitzt und vielleicht denkt, dieser Endwind, der das

Dorf hinwegfegen wird, wird vorbei sein, bevor wir heimkehren. Dann werden alle fort sein, nur wir nicht, denn wir sind an diese Scholle gebunden durch ein Zimmer voller Truhen, in denen noch die Hausgeräte und Kleider der Großeltern verwahrt sind, meiner Großeltern, und die Pferdedecken meiner Eltern, als diese auf der Flucht vor dem Krieg in Macondo einritten. Wir sind mit dieser Scholle verwachsen durch die Erinnerung an die fernen Toten, deren Gebeine nicht einmal zwanzig Klafter unter der Erde zu finden wären. Die Truhen stehen seit den letzten Kriegstagen im Zimmer; dort werden sie heute nachmittag stehen, wenn wir von der Beerdigung zurückkehren, falls bis dahin nicht der Endwind geweht hat, der Macondo hinwegfegen wird, seine von Eidechsen wimmelnden Schlafzimmer und seine schweigsamen, von ihren Erinnerungen verstörten Bewohner.

Plötzlich steht mein Großvater auf, stützt sich auf seinen Stock und reckt den Vogelkopf, auf dem seine Brille so fest sitzt, als sei sie Teil seines Gesichts. Ich glaube, es würde mir schwerfallen, eine Brille zu tragen. Sie würde bei jeder Bewegung von meinen Ohren rutschen. Während ich daran denke, gebe ich mir kleine Klapse auf die Nase. Mama blickt mich an und fragt: »Tut's dir weh?« Und ich sage nein, ich habe nur daran gedacht, daß ich keine Brille tragen könnte. Und sie lächelt, atmet tief auf und sagt: »Du mußt verschwitzt sein.« Ja, meine Kleider brennen auf der Haut, der grüne, dicke, hochgeschlossene Kordsamt klebt mir vor Schweiß am Leib und verursacht Beklemmung. »Ja«, sage ich. Und meine Mutter beugt sich zu mir herüber, löst mir die Schleife, fächelt mir den Hals und sagt: »Wenn wir nach Hause kommen, legst du dich hin und ich lasse dir ein Bad einlaufen.« »Cataure«, höre ich sagen ...

Da kommt durch die Hintertür wieder der Mann mit dem Revolver herein. In der Tür nimmt er den Hut ab und tritt behutsam auf, als fürchte er, den Leichnam zu wecken. Doch er hat es getan, um meinen Großvater zu erschrecken, der, von ihm gestoßen, nach vorn fällt und schwankt und noch gerade den Arm des Mannes packen kann, der ihn zu Fall zu bringen versucht hat. Die anderen haben zu rauchen aufgehört und bleiben auf dem Bett sitzen wie vier Raben, aufgereiht auf einem Dachfirst. Als der mit dem Revolver eintritt, ver-

neigen sich die Raben und flüstern, und einer von ihnen steht auf, tritt zum Tisch und nimmt die Schachtel Nägel und den Hammer an sich.
Mein Großvater spricht mit dem Mann neben dem Sarg. Der Mann sagt: »Keine Sorge, Oberst. Ich versichere Ihnen, es wird nichts geschehen.« Und mein Großvater sagt: »Ich glaube nicht, daß etwas passieren kann.« Und der Mann sagt: »Sie können ihn außerhalb, vor der linken Friedhofsmauer begraben, dort, wo die Baumwollbäume am höchsten sind.« Dann reicht er meinem Großvater ein Papier und sagt: »Sie werden sehen, alles geht gut aus.« Mein Großvater stützt sich mit einer Hand auf den Stock, nimmt mit der anderen das Papier und steckt es in seine Westentasche, in der er die kleine viereckige goldene Uhr mit Kette verwahrt. Dann sagt er: »Jedenfalls – was geschieht, mußte geschehen. Es ist, als hätte es der Almanach vorausgesagt.«
Der Mann sagt: »Es sind ein paar Leute an den Fenstern, doch das ist reine Neugier. Die Frauen schauen ohnehin wegen jeder Lappalie heraus.« Ich glaube aber, mein Großvater hat es nicht gehört, denn er blickt durchs Fenster auf die Straße. Jetzt bewegt sich der Mann aufs Bett zu und sagt

zu den Männern, während er sich mit dem Hut fächelt: »Jetzt könnt ihr ihn zunageln. Macht aber vorher die Tür auf, damit etwas frische Luft hereinkommt.«
Die Männer setzen sich in Bewegung. Einer von ihnen beugt sich mit dem Hammer und den Nägeln über die Kiste, die anderen gehen zur Tür. Meine Mutter steht auf. Sie ist verschwitzt und bleich. Sie zieht den Stuhl weg, nimmt mich bei der Hand und schiebt mich zur Seite, damit die Männer vorbeigehen und die Türe öffnen können.
Zunächst versuchen sie den Riegel zurückzuschieben, der in den verrosteten Angelringen festgeschweißt scheint, bringen es aber nicht fertig. Es ist, als stemme sich auf der Straßenseite jemand mit aller Kraft gegen die Tür. Doch als einer der Männer sich an die Tür lehnt und dagegenschlägt, erhebt sich im Zimmer ein Getöse aus Holz, rostigen Angeln, von der Zeit verschweißten Schlössern, Schlag auf Schlag, und die Tür geht auf, riesig, als sollten zwei aufeinanderstehende Männer hindurchgehen, und lange kreischen erwachtes Holz und Eisen. Und bevor wir wissen, was geschieht, bricht das Licht ein ins Zimmer, rück-

lings, mächtig und vollkommen, weil ihm die Stütze entzogen wurde, die es zweihundert Jahre lang mit der Kraft von zweihundert Rindern ausgeschlossen hat, und es fällt rücklings ein ins Zimmer und reißt in seinem stürmischen Fall den Schatten der Dinge mit. Die Männer werden grausam sichtbar wie ein Blitz am Mittag und schwanken, und mir scheint, als müßten sie sich festhalten, damit die Helligkeit sie nicht umreißt.
Als die Tür aufgeht, beginnt irgendwo im Dorf eine Rohrdommel zu singen. Jetzt sehe ich die Straße. Ich sehe den glänzenden, glühenden Staub. Ich sehe mehrere Männer auf dem gegenüberliegenden Gehsteig sitzen und mit verschränkten Armen auf das Zimmer blicken. Ich höre abermals die Rohrdommel und sage zu Mama: »Hörst du's?« Und sie sagt ja, es muß drei sein. Aber Ada hat mir gesagt, daß die Rohrdommeln singen, wenn sie Totengeruch spüren. Ich will es meiner Mutter in dem Augenblick sagen, als ich den harten Aufprall des Hammers auf dem Kopf des ersten Nagels höre. Der Hammer schlägt, schlägt und füllt alles aus; er ruht eine Sekunde und schlägt von neuem, verwundet das Holz sechsmal hintereinander, weckt die gedehnte

trostlose Klage der schlafenden Bretter, während meine Mutter abgewandten Gesichts durchs Fenster auf die Straße blickt.
Als sie zu nageln aufhören, ertönt der Gesang mehrerer Rohrdommeln. Mein Großvater gibt seinen Männern ein Zeichen. Diese nehmen auf beiden Seiten des Sargs Aufstellung und bücken sich, während der in der Ecke mit dem Hut zu meinem Großvater sagt: »Keine Sorge, Oberst.« Jetzt dreht sich mein Großvater zur Ecke, erregt, mit dem geschwollenen, puterroten Hals eines Kampfhahns. Sagt aber nichts. Doch wieder spricht der Mann in der Ecke. Sagt: »Ich glaube sogar, daß niemand mehr im Dorf ist, der sich daran erinnert.«
In diesem Augenblick fühle ich tatsächlich Rumoren im Bauch. *Jetzt müßte ich wirklich kurz nach hinten,* denke ich, aber ich sehe, daß es jetzt zu spät ist. Die Männer machen eine letzte Anstrengung; die Hacken gegen den Fußboden gestemmt, recken sie sich, und der Sarg schwebt durch die Helligkeit, als wollten sie ein totes Schiff begraben.
Ich denke: *Jetzt werden sie den Geruch spüren. Jetzt werden alle Rohrdommeln singen.*

Gabriel García Márquez

in der Übersetzung von
Curt Meyer-Clason

Hundert Jahre Einsamkeit

Roman, 478 *Seiten, gebunden*

Das Leichenbegängnis der Großen Mama

und andere Erzählungen
Mit einem Nachwort des Übersetzers
312 *Seiten, gebunden*

Laubsturm

Roman, 192 *Seiten, gebunden*

Kiepenheuer & Witsch